AF205933

Michael Fröhlich, am 01. Mai 1995 in Mutlangen geboren, war nach dem Abitur Freiwilliger beim Deutschen Roten Kreuz. Danach verschiedene Reisen und Aufenthalte in Europa, Afrika und Neuseeland. Anschließend Studium der Germanistik und Philosophie. Später Student der Soziologie an der Universität Bamberg. Für den Roman »Heinrich und Puk« 2019 Arbeitsstipendium des Förderkreis dt. Schriftsteller in BW. Im selben Jahr erster Abdruck in *fortississimo: Edition junger Texte*.

Michael Fröhlich

Giuseppe

Novelle

Bibliografische Information der Deutschen Nationalbibliothek: Die
Deutsche Nationalbibliothek verzeichnet diese Publikation in
der Deutschen Nationalbibliografie; detaillierte bibliografische
Daten sind im Internet über dnb.dnb.de abrufbar.

© 2019 Michael Maximilian Fröhlich

Herstellung und Verlag: BoD – Books on Demand, Norderstedt
ISBN: 9783750420311

Inhalt

Giuseppe

Eine naturalistische Groteske

Vorangestellt sei ein Portrait der *rôle principal* Giuseppe René Krüger im *style factuel*.

Im Jahre 1993 in Paris gezeugt, anschließend als Dezemberkind in Nürnberg geboren. Der Vater Pierre Dubois, ein 1975 gebürtiger Franzose, war zu jener Zeit ausgelernter Maurer. Die Mutter Anne Valentina Krüger, geboren 1978, Realschülerin auf Durchreise.

Diese Angaben sollten genügen, um das durch Giuseppes Existenz entstandene Spannungsfeld zu skizzieren, worin er die ersten Jahre seiner Kindheit verlebte, und welches sich darüber hinaus in veränderter Form fortsetzte. Dass seine Eltern nicht verliebt waren, steht außer Frage. 1994 nahm Pierre Dubois eine Aushilfsstelle beim Bauunternehmen Hagendorff an und siedelte nach Deutschland über. Aufgrund der sprachlichen Barriere kam es allerdings nie zu einer Festanstellung. Er unterhielt die Zwei-Zimmer-Wohnung am Stadtrand Nürnbergs mithilfe von Zuschüssen der Familie Krüger. Infolge der Mutterschaft bestand Anne Krüger die Mittlere Reife nicht, engagierte sich jedoch durch kurzzeitige Nebenerwerbe; mitunter als Kellnerin, Kassiererin und Fabrikangestellte. Die *situation économique* der Kleinfamilie verschlechterte sich durch den Tod Anne Krügers Großeltern. Auch Herr Krüger, Eigentümer des *Bistro Kolloseo*, stellte seine monatlichen Raten ein, nachdem der Kleinfamilie staatliche

Förderungen bewilligt wurden. Diese fielen magerer als erwartet aus.

Giuseppe, nach seinem hinwieder italienisch verwurzelten *grand-père* benannt, wuchs demnach in schlichten bis ärmlichen Verhältnissen auf. Die wirtschaftlich prekären Umstände führten zu häufigem Streit der Eltern. Ob es zu häuslicher Gewalt kam, wurde seitens der Mutter nie aufgeklärt. In Ermangelung der finanziellen Mittel für eine Betreuung, wurde der Säugling Giuseppe des Öfteren unbeaufsichtigt zu Hause gelassen, weshalb sein Hinterkopf, durch das langzeitige Liegen auf dem Rücken, bis heute eine nahezu geradlinige Fläche aufweist. Außerdem können die Ursprünge der Bindungsstörungen, welche das Sozialverhalten Giuseppes charakterisieren, in dieser und unmittelbar nachfolgender Zeit verortet werden.

Nach einer überstürzten Hochzeit 1996 erfolgte die endgültige Trennung des Paares Dubois-Krüger. Pierre Dubois zog sich vollständig aus der *affaire* und kehrte zurück nach Paris. Anne Krüger erlitt eine schwere Depression, worauf Giuseppe, bis ins Alter von sechs Jahren, im Kinder- und Jugendhilfezentrum lebte. Nach einer unfreiwillig entgegengenommenen Schulung der Mutter zogen sie und ihr Sohn gemeinsam in die Wohnung über dem *Bistro Kolloseo*. Seither arbeitete Anne Krüger als Angestellte ihres Vaters.

Zur Grundschulzeit Giuseppes waren die Einflüsse der Gastronomie entscheidend. In der Schule fand er kaum Anschluss und wurde anlässlich gewalttätiger Übergriffe von der Lehrerschaft als Problemkind eingestuft. Zusätzliche Förderprogramme drängten ihn weiter in die Rolle des Außenseiters; dort gemachte Bekanntschaften waren fraglich und unbeständig. Nach der Schule aß er im *Bistro Kolloseo*. Bis zum Abend befand er sich in Obhut des Großvaters, welcher die erste und einzige männliche Bezugsperson darstellte. Für Fegen und gelegentliches Einräumen von Waren im Kellerlager wurde er mit einem Taschengeld entlohnt. Die Beziehung zu seinem Großvater wurde jedoch nie vertieft: Liebe und Ansehen erlangte Giuseppe seitens des Großvaters ausschließlich, wenn er von Dritten als tüchtig oder tauglich gelobt wurde, keineswegs bedingungslos. Gegenüber den Kellnerinnen und Köchen benahm sich Giuseppe zurückhaltend und stumm. Durch seine wortkarge Art hielt man ihn rasch für begriffsstutzig bis minderbemittelt, was dazu führte, nicht viel von ihm zu verlangen; ihn als gegeben und unveränderlich hinzunehmen.

Diese durch den Aufenthalt im Bistro geschaffene Rolle wurde während Giuseppes Heranwachsen identitätsstiftend, weshalb er sie zunehmend auch gegenüber Gleichaltrigen einnahm, und in der Schule den eigenartigen Wandel vom Aggressor zum unprätentiös Braven durchlebte. Man hielt dies für den Erfolg der Förderprogramme.

Tout le monde reagierte ungläubig, als Giuseppe eine Empfehlung für die Realschule ausgestellt wurde. Dort setzte er sein Stummsein wenn möglich fort. Ob Giuseppe je eine natürliche Disposition zur Introversion besaß, steht offen. Es ist möglich, dass sich sein undurchdringliches Wesen erst durch die Umstände entwickelt hat, oder aber durch den Lebensweg zu jenem Ausmaß, wie es heute vorliegt, verstärkt wurde.

Von Lehrern und Schülern aufgrund seiner Unscheinbarkeit kaum gesichtet, schaffte Giuseppe die fünfte, sechste und siebte Klasse mit leicht unter dem Durchschnitt liegenden Noten. Nicht nur sein äußeres Erscheinungsbild – gekennzeichnet von selbstgeschnittenem, zumeist fettigen Haar, bleicher Haut, später durchsetzt von Akne, zudem die einfarbige Kleidung, welcher in der Regel etwas von *Ausgestorbenheit* anhing – auch Benehmen und Ausstrahlung des Pubertierenden fielen geradezu geisterhaft und wie nicht vorhanden aus. Seine selten genutzte Stimme war leise und gleichförmig, zudem nuschelnd. Durch die Korridore lief er stets mit gesenktem Haupt, leicht vornüber gebeugt. Sein flacher Hinterkopf ging dabei nahtlos in Hals und Rücken über. Mitschüler mieden ihn, da seitens

Giuseppe keinerlei *réponse émotionnelle* auf Kontaktaufnahmen erfolgte. Lehrer, die versuchten, Giuseppe mittels Befragungen im Unterricht zu aktivieren, wurden durch die sich beständig wiederholende Formel »Ich weiß es nicht« zu erneutem Übersehen des Schülers erzogen.

Im Gegensatz zum Sportunterricht, wo er keinerlei Talent bewies, konnte sich Giuseppe guter Benotungen in den Bildenden Künsten erfreuen. Er war ein passabler Zeichner, indes auch hierbei weder Dialog, geschweige denn Freundschaft entstand.

Den nun gelisteten Eigenschaften haftet etwas widersprüchliches an: Man kann sie kaum als solche bezeichnen. Das ausbleibende Sozialleben Giuseppes hatte, im Zuge des Erwachsenwerdens, fatale Folgen für seine zwischenmenschlichen Fähigkeiten, und demnach auch für die Entwicklung einer Persönlichkeit, welcher kein Rahmen zur Verfügung stand, worin sie sich hätte bilden können. In dieser Zeit verbrachte Giuseppe Großteile vieler Tage hinter verschlossener Zimmertür. Seine Mutter Anne Krüger nahm dieses Verhalten als gewöhnlich für die Adoleszenz, außerdem widmete sie ihre Freizeit der Partnersuche und schlief selten Zuhause.

In Bezug auf seine Sexualität wurde Giuseppe erstmals im Alter von dreizehn Jahren initiativ, als er durch den morgendlichen Geschlechtsverkehr seiner Mutter mit einem derzeitigen Liebhaber geweckt wurde, und infolgedessen onanierte. Neben den Lauten und dem anschließenden Geflüster aus dem angrenzenden Zimmer bediente er sich zur Befriedigung des Computerraums der Schule, wo er in nichtbesuchten Mittagspausen pornografische Abbildungen ausdruckte. Heimliche Leidenschaften für Mitschülerinnen fanden ausschließlich auf sexueller Ebene und hinter verschlossener Zimmertür statt. Giuseppe wagte keinerlei Versuche und brachte seine Geschlechtsreife nie zum

Ausdruck. Zweiten und Dritten blieb er stets von durch und durch asexuellem Typus.

Unter Verlust des letzten Drillings kamen im Jahr 2008 Anton und Lukas Krüger zur Welt. Anne Krüger befand sich derzeit in einer, relativ zu Zeiten Pierre Dubois', stabilen Beziehung mit dem Restaurantbesitzer Simon Wittge. Dieser drängte, insbesondere nach Neugründung der Familie, sie möge die Dachwohnung über dem *Bistro Kolloseo* verlassen, um sich in der Stadt Bamberg, wo sein Lokal *Zum Bratenseppel* lag, neu aufzustellen. Anne Krüger konnte, obschon sie sich in Gedanken nichts anderes wünschte, nicht zusagen, da der vierzehnjährige Giuseppe unlängst durch die achte Klasse gefallen war und noch drei Jahre Schule vor sich hatte. Ein Schulwechsel kam für Anne Krüger in Hinsicht auf Giuseppes gesellschaftliche Unpässlichkeit nicht in Frage. Denn: Es war dem Heranwachsenden gelungen, in einen Kreis Gleichaltriger einzutreten. Simon Wittge, der sich kaum etwas anmerken ließ, entwickelte langsam schleichend eine von Ekel getragene Abneigung gegenüber dem Stummen und Bleichen mit dem unnatürlichen Hinterkopf.

In erwähnter Gruppierung von Heranwachsenden fungierte Giuseppe als Mitläufer und Handlanger eines vor aufgeplusterter Männlichkeit strotzenden Anführers, welcher Giuseppe nicht minder als Paria und Schwachkopf ansah, ihm bisweilen jedoch, sollte er sich gegenüber Außenstehender über seine Führerschaft definieren, Lob zusprach. Diese *en passant* einfließenden Bemerkungen über Giuseppe, welche ausschließlich dazu bestimmt waren, den Anführer als solchen nicht zu kompromittieren, fanden eminenten Einlass in Giuseppes Herz. Zuverlässig führte er im Auftrag der Gruppe Diebstähle am Kaufhaus aus, wobei es sich zumeist um Aquavite handelte. Alkohol und Tabak diktierten die Abläufe jener Nachmittage und Abende, an denen Giuseppe die Gruppe traf. Seine Mutter bemerkte nichts von den häufigen Drogenmissbräuchen, bis Giuseppe den Anforderungen der achten Klasse erneut nicht gerecht wurde. Erstmals kam es zu lautstarken Auseinandersetzungen. Unter den Angestellten des *Bistro Kolloseo*, durch die Auslassungen der Mutter erneut diskreditiert, entfremdete sich Giuseppe weiter von seinem Großvater, welcher ihm fortan wie einem ungehobelten Untermieter begegnete.

Angesichts der anhaltenden Konflikte sah sich Simon Wittge im Vorteil und mahnte Anne Krüger erneut zum Umzug. Insgeheim stellte Wittge landesweit Anträge an Internate für Schwererziehbare, welche den sich nie erklärenden Giuseppe aufnehmen sollten. Nachdem zwei Zusagen erfolgten und er sachlich und ruhig von seinen Bemühungen berichtet hatte, schmetterte Anne Krüger die Pläne, verletzt in ihren Eigenschaften als Mutter, umgehend ab. Um seinen Verdruss abzuwenden, kam sie jedoch einem weitere Anliegen Wittges nach, worauf Anton und Lukas von nun an dessen Familiennamen tragen sollten. Außerdem vollführte Simon Wittge einen Strategiewechsel im Umgang mit Giuseppe; Er entschloss sich, das Problem bei den Wurzeln zu packen und den Jugendlichen fortan zu fördern. Er bemühte sich um Giuseppes Zutrauen. Seine betont freundlichen Avancen stießen bei Giuseppe jedoch auf Widerstand: Es gelang Simon Wittge nie gänzlich, seine eigentliche – von Giuseppe durchaus gewitterte – Abneigung zu verbergen. Finanzielle Unterstützung nahm der Fünfzehnjährige wortkarg und abwesend entgegen. So wurden, um in Giuseppes Bildung zu investieren, diverse Utensilien herangeschafft, darunter ein eigener Computer samt Internetzugang – der letztlich, neben einer Angel, welche Giuseppe zu ruhigeren Freizeitaktivitäten bewegen sollte, das einzig Genutzte darstellte.

Auf den Erfolg des bestandenen Wiederholungsjahres ereignete sich im Frühjahr 2010 ein für Giuseppe geradezu fataler Rückschlag *pour la confiance en soi*, welcher gleichsam den Niedergang jeglicher Bemühungen um Akzeptanz oder Integration in schulischen und familiären Angelegenheiten bedeutete. Nachdem Giuseppe beim Ladendiebstahl erwischt worden war, hielt zum einen niemand aus seiner Gruppe zu ihm, geschweige denn wartete mit dem Kriminellen, bis Simon Wittge schweigsam und innerlich bebend eintraf, um eine strafrechtliche Verfolgung abzuwenden. Zum anderen wurde Giuseppe auch auf eine ihm unerklärliche Weise aus jenem Kreis verstoßen. Als er am Folgeabend am üblichen Platz eintraf, wurde er, unter Androhung von Schlägen und Folter, mit den Worten »Verpiss dich, du Spasti! Schau uns nicht an, geh dich einfach umbringen!« zunächst geschubst, dann geohrfeigt, schließlich vertrieben.

Giuseppes Umgang damit fiel beunruhigend nüchtern aus, es schien, als kehre er bereitwillig ins Einsiedlertum zurück, als empfände er keinerlei Wut oder Enttäuschung – an diesem Abend heimkehrend, verlor er nur eine für ihn ungewöhnlich aufklärende Bemerkung an seine Mutter, worin er knapp mitteilte, er habe Streit mit seinen Freunden und werde sie nicht wieder sehen.

In der nachfolgenden Woche kam es zu einem versuchten Suizid mittels Strangulation im Kellergewölbe des *Bistro Kolloseo*. Der Barmann Hans Laue, der, während er im Lager zugange gewesen war, verdächtige Geräusche vernommen hatte, vereitelte das Vorhaben und kontaktierte umgehend Herrn Krüger. Dieser verlor an Giuseppe nur wenige barsche Worte der Entrüstung und Missbilligung, rief seine Tochter an, und bewachte den in sich Abgeschotteten unter aller Augen, bis Anne Krüger eintraf.

Nachdem er sich zwingendermaßen in Psychotherapie begeben hatte, welche im Wochentakt sechs Monate lang währte und stattfand, wurde Giuseppe auf unbestimmte Zeit vom Schulbesuch befreit. Einige Sitzungen verliefen ohne einen Laut seitens Giuseppe. Oftmals bediente er sich nach Fragen bezüglich seiner Neigungen und Interessen der bereits einstudierten Wortfolge »Ich weiß es nicht«. Der Therapeut Anders Piek, welcher zwar ein frühkindliches, nie

13

aufgearbeitetes Trauma vermutete, ordnete nach einigen erfolglosen Sitzungen und im Angesicht seiner Ratlosigkeit einen Intelligenztest an. Das Ergebnis lautete *Schwerste Retardierung* – und war, da der beobachtete Giuseppe während des Tests sichtlich abwesend und unkonzentriert vorging, nicht valide. Anders Piek gab die Gesprächstherapie letztlich auf, obschon in seinen Unterlagen der Befund vorlag, dass es die einzig richtige Behandlung sei, Giuseppe durch eine enge Vertrauensbeziehungen auf emotional stabilere Bahnen zu lenken. Emotionen zeigte Giuseppe jedoch bei weitem nicht und es kann angezweifelt werden, dass er überhaupt regelmäßig empfand. Piek legte Anne Krüger nahe, Giuseppe in Vereine einzubinden und sich qualitative Zeit für den Sohn zu nehmen. Besuche von Vereinen und geselligen Aktivitäten wurden von Giuseppe indes stets mit Schweigen durch verschlossene Tür verhindert – die wenigen Versuche, Giuseppe mehr Zeit und Anteilnahme zuzuschanzen, wurden ebenfalls eingestellt, da der Sechzehnjährige keinerlei Verlangen danach zeigte, und die Säuglinge Anton und Lukas darüber hinaus jegliche mütterliche Unterstützung in Anspruch nahmen. Durch die durchaus nicht zu verzeichnenden Fortschritte während Giuseppes Behandlung, kippte Pieks Resignation bald in Humor über, sodass er Sitzungen häufig mit der kecken Bemerkung »Und Giuseppe? Über was reden wir heute nicht?« einleitete.

Nach knapp zwei Monaten kehrte Giuseppe zurück an die Schule. Seine Geschichte blieb, entgegen der Befürchtungen Anders Pieks, unbeachtete und war ausschließlich dem Lehrkörper bekannt. Es war nicht zu erwarten, dass Giuseppe in der Lage sein würde, das Schuljahr zu beenden, und nach einem Schreiben des Therapeuten an den Rektor wurde Giuseppe von den Prüfungen der neunten Klasse freigestellt – dennoch versetzt.

Im Spätsommer 2010 wurde die Therapie abgeschlossen. Während des Abschlussgesprächs bekundete Piek, dass eine Fortsetzung der Behandlung durchaus sinnvoll sei, dass er jedoch wenige Anhaltspunkte habe, Giuseppe dazu zu zwingen. Dieser zeige keinerlei Aggressionen, außerdem wurde der versuchte Suizid als affektuelles, einmaliges Phänomen eingestuft. Jene Einstufung stützte sich auf eine einzige, klare Antwort seitens Giuseppe auf die Frage hin, ob er wieder versuchen werde, sich das Leben zu nehmen: »Nein.«

Das Ende der Therapiebesuche hatte jedoch, weder von Giuseppe noch von seinen Bezugspersonen bemerkt, negativen Einfluss auf den Sechzehnjährigen: Obwohl er sich beständig verschlossen und desinteressiert gegeben hatte, waren die wöchentlichen Gesprächsversuche nichtsdestotrotz im Unterbewusstsein des Behandelten wirksam gewesen und bewiesen eine gewisse Bedeutsamkeit seiner Existenz. In den anschließenden Sommerwochen wurde dieses Unterbewusstsein belehrt, dass seine Existenz zwar Bedeutung hatte – hinwieder eine belastende, unerwünschte.

Kurze und garstige Dialoge zwischen Tür und Angel mit der Mutter, die ständig von der Sorge um die Zwillinge, der Arbeit, und ihrer Liebesbeziehung gehetzt war, brachten Giuseppe dazu, vermehrt, bis schließlich tagfüllend, Zeit vor dem Computer zu verbringen. Im Internet erschloss er sich ein obskures Weltbild, welches gleichsam die einzige Ideologie darstellte, welche je von ihm angenommen worden war. Krude Verschwörungstheoretiker und scheinbar hochexklusives Wissen über die Steuerung der Weltgemeinschaft fanden guten Nährboden im Kopf des Haltlosen, welcher sich hierdurch als Opfer, wie auch als eingeweiht Sehender erfuhr. Diese komischen bis bizarren Ansichten, zwischen biblischen Prophezeiungen und interstellaren Komplotten schwenkend, formten in Giuseppe eine neue Art Identität des Auserlesenen und Mitwissers, was mit der Entwicklung einer zurückhaltenden Arroganz einherging. Sollte es vorkommen, dass Anne Krüger etwa verächtliche Worte für den Staat verlor, so stellte Giuseppe nuschelnd und ostentativ Bemerkungen in den Raum, wobei in der Regel eine gewisse Verachtung für die Unwissenheit der

Mutter mitschwang. Jene Kommentare bewegten sich innerhalb eines einfach gestrickten Weltbildes, worin eine herrschende und geheim gehaltene Klasse oder *Elite* die restliche Welt unterwarf. Anne Krüger reagierte daraufhin stets irritiert und wechselte im Normalfall das Thema, sodass sich Giuseppe mit wachsender Bewusstheit auch von seiner Mutter abwandte.

Diese neuartige Souveränität an Giuseppe wurde, ohne den Inhalt seiner Aussagen genauer zu prüfen, sehr positiv von Anne Krüger aufgenommen, und auch Simon Wittge nickte selbstverständlich und mit Hintergedanken ab, als sie vertraulich meinte, Giuseppe sei über den Berg; der Junge habe zurück zu sich selbst gefunden – wohl gemerkt: Zurück zu einem »Selbst«, welches derart zuvor nie existiert hatte. Man gewöhnte sich im Haushalt Krüger schnell an die Pseudoeigenständigkeit des jungen Mannes und nahm jedes einmischende Zeichen von ihm als Bestätigung, sich in völlige Sorglosigkeit begeben zu dürfen, was zufolge hatte, dass Giuseppe für gelegentlichen Alkoholgenuss nicht getadelt wurde.

Die Grenze zwischen *parfois* und *régulièrement* verschob sich im Verlauf des nächsten Jahres unbemerkt. – Hauptaugenmerk der Familie lag in jener Zeit auf Anne Krüger, welche eine erneute Schwangerschaft durchlebte. – Giuseppe, der ohnehin Abgehängte, welcher all seine sozialen Inhalte passiv aus dem Internet absorbierte, hatte bis zum späten Frühjahr 2011 eine ausgeprägte Alkoholsucht entwickelt. Allerdings gelang es dem nun Siebzehnjährigen – und dies mag beispielhaft für seine Unauffälligkeit im Öffentlichen sein – niemanden von seiner Sucht wissen zu lassen: Giuseppe wurde ungeahnt tüchtig in dieser Angelegenheit und engagierte sich mit einem, durchaus nicht zu seiner lethargischen Art passenden Eifer, seine hohen Ausgaben für insbesondere Wodka zu vertuschen. Der eigene Unwille gegen die Sucht äußerte sich bei Giuseppe hierdurch, dass er den inneren Widerstand in gewohnter Manier abspaltete und Dritte, welche nichts von seinen Problemen wussten, für das Gefühl von *Pathologisiertheit* verantwortlich machte – was seine misanthropische Haltung forcierte. Trotzdem, und dies mag die ambivalente Haltung Giuseppes aufzeigen, beschloss er, den schulischen Abschluss zu meistern, um seine Sucht nicht zum Vorschein und in den Mittelpunkt geraten zu lassen. Nach zwei Wochen vergeblicher Bemühungen stellte er diesen nun gewissermaßen intrinsischen Ansporn zurück, da er zum einen bildungstechnisch keinerlei Grundlagen hatte, auf denen er hätte aufbauen können, zum anderen den Drogenkonsum fortführte, welcher durch die Aussichtlosigkeit befeuert wurde. Giuseppe wandte sich in dieser Zeit des Misslingens mit Hingabe dem Internet zu und fand diverse Gründe, den Bildungsweg zu verachten und das von ihm an den Tag gelegte Verhalten zu rechtfertigen. Sein erneutes Verfehlen in schulischen Belangen wurde gemeinhin als geradezu selbstverständlich aufgenommen. Im Jahr 2011 begann Giuseppe als Klassenältester erneut das Abschlussjahr.

Ende des Jahres 2011 kam Laura Wittge zur Welt. Simon Wittge, der bereits seit Monaten die Rolle des Alleinernährers ausfüllte und dadurch eine gewisse Entscheidungsmacht genoss, konnte nun, der tatsächlichen und greifbaren Geburt wegen, welche vor allem Platzmangel bedeutete, endlich und vollkommen überzeugen – sodass bereits während der Weihnachtszeit viel in die Wege geleitet wurde, um das Familienleben in wenigen Monaten in Wittges Heimatstadt Bamberg fortzusetzen. Wittges Darstellung der Sachlage schloss eine Verzögerung des Umzugs vollständig aus.

Es kam zu einem unangenehmen Gespräch mit Giuseppe. Dieser sollte die Schule beenden und danach, sollte er bis dahin nicht aufgrund einer Ausbildung an Nürnberg gebunden sein, ebenfalls nach Bamberg ziehen. Simon Wittge war vorbereitet, legte Broschüren vor und erwähnte dutzende Möglichkeiten, welche sich Giuseppe im Nürnberger Raum auftäten – freilich mit bestem Willen, sich den ungepflegten Flachkopf vom Leib zu halten. Jenes Gespräch zog an Giuseppe vorüber, ohne dass er mehr als nickte oder die letzten Sätze Wittges zustimmend wiederholte; zwar wurden die anstehenden Veränderungen von ihm rational registriert, jedoch von keinerlei Gefühlsregung begleitet: Der inzwischen Volljährige hatte sich unter Sucht, Abgeschiedenheit und *l'abêtissement médial* gänzlich von seinen Bezugspersonen alieniert.

Seit dem Frühling 2012 teilte sich Giuseppe die Wohnung über dem *Bistro Kolloseo* mit dem frisch eingezogenen Untermieter Max Hübel. Der neugewonnen Freiheit wegen eskalierte Giuseppes Trinksucht in tragischem Ausmaß. Selten erschien er in der Schule – Briefe wurden im verwaisten Briefkasten *A. Krüger* nicht gelesen, und Anrufe stießen auf Nichterreichbarkeit, denn Giuseppe pflegte das Telefon ausgesteckt zu lassen; zudem war er im Stande, sich selbst zu entschuldigen.

Der Student Hübel vernahm während seiner Wohngemeinschaft mit Giuseppes des Öfteren eigenartige Selbstgespräche in tiefer Nacht, welche den Eindruck von Erregtheit und Verwirrung hinterließen, doch war er von Giuseppe zu irritiert, um ihn darauf anzusprechen: Giuseppes Erscheinung hatte einen neuen Grad von Verwahrlosung erreicht. Neben der ungesund bleichen Haut nächst roter Pickelnarben auf Wangen und Backen, den geschwärzten Mitessern auf der Nasenspitze und dem ungewaschenen Haar, war Giuseppes Statur krankhaft dürr und, zufolge von Nichtbewegung und Rumsitzen; krumm geworden. Hygiene spielte in Giuseppes Leben keine Rolle, sichtbarer Zahnbelag und verkrustete Augenränder waren üblich, zudem haftete seiner Kleidung stets ein feiner Schimmelgeruch an. Es liegt nahe, dass Giuseppe während dieser drei monatigen *phase de la liberté* erstmals ausufernde psychotische Zustände erlitt.

Der Kontakt zu seiner Mutter, Anne Krüger, war vorübergehend abgebrochen und wurde erst durch einen einschneidenden Vorfall aufgenommen: Herr Krüger,

Eigentümer des *Bistro Kolloseo* und zugehöriger Räumlichkeiten, setzte seinen Enkel vor die Tür.

Seit geraumer Zeit hatte der Gastronom spurlos verschwindende Flaschen beklagt, und daraufhin eine Überwachungskamera im Lager angebracht. Auf vier Filmen war Giuseppe deutlich zu erkennen, wie er verstohlen eindrang und Schnapsflaschen in einer Tüte verstaute. Herr Krügers Reaktion fiel nicht nur darum derart radikal aus. Auf einer der Aufnahmen war zu sehen, wie Giuseppe, der dumme, ekelerregende, nichts redende Giuseppe, ohne weiteres die Soßenfässer öffnete und hinein spuckte – einmal ließ er sogar die Hosen runter, zog sie jedoch, in Ermangelung des nötigen Drucks, nach kurzem wieder hoch. Erklären konnte sich das keiner und nach dem üblichen »Ich weiß es nicht«, schwieg Giuseppe ungebrochen auf die lautstarken Vorwürfe hin, weshalb er ein solch widerliches Verhalten an den Tag lege.

Dies spielte sich im Wohnzimmer der Dachwohnung ab. Giuseppe ließ den Wutausbruch in demütiger Haltung über sich ergehen und ahnte nicht, dass der Großvater noch in derselben Stunde seine Tasche packen und ihn, den Hilflosen, der nicht wusste, wie ihm geschah, die Treppe hinunter bugsieren würde. Indem er Giuseppe die Angel in die Hand drückte, waren die letzten Worte an seinen Enkel: »Und jetzt mach, dass du fortkommst. Ehrliche Arbeit! Dich vom Wittge aushalten lassen, pah! Ehrliche Arbeit, Anstand. Benehmen, hörst du, Giuseppe? Benehmen! Hörst du mich? Widerlich, ich sag es nochmal! Nur Strapazen und Mühsal mit dir, und ich soll es ausbaden. Mach, dass du fortkommst. Sie sind alle fort! Also mach auch du, dass du fortkommst!«

Und mit diesem rechtswidrigen Rauswurf, dem sich der Enkel schweigsam fügte, schließt sich unsere Einführung ab.

Die nachfolgende Erzählung *Giuseppe* spielt im Jahr 2015, drei Jahre nach jener letzten Begebenheit, – und berichtet von einem exemplarischen Tag aus dem Leben des Giuseppe René Krüger.

Anmerkung: Wie vom Leser womöglich bereits angedacht, entzieht sich Giuseppes Seelenleben dem Blick des Beobachters.

Sofern präzise vom Innenleben einer Figur berichtet werden soll, und diese Figur keine Abspaltung des Autors ist, welcher auf artistischem Weg versucht, innere Ordnung herzustellen, oder der die Konstitutionen seiner Figuren frei aus seinem Umfeld adaptiert – sondern vielmehr eine tatsächliche, autonome Existenz abgebildet werden soll, so eignen sich hierfür zwei Methoden.

Die erste Herangehensweise, und so ginge der Historiker oder der Biograph vor, bedient sich an Dokumenten des zu Beschreibenden: Tagebücher, Briefe und dergleichen, welche Aufschluss über die betreffende Person liefern.

Die zweite Möglichkeit vollzieht sich durch die bloße Beobachtung und die damit zusammenhängende Rückkopplung im eigenen Geist: Ist der Beobachter im Stande, den zu Beschreibenden in seiner Mimik und Gestik innerlich zu spiegeln, und somit auf *interemotionalem* Weg eine Kopie des Seelenbefindens in sich selbst herzustellen, so können Gefühlslagen und Stimmungen relativ exakt ermittelt werden – so wie, sollten Kontextinformationen vorliegen, deren Gründe.

Im Fall des Giuseppe greift jedoch weder die eine, noch die andere Methode. Dem Erzähler sind einerseits keinerlei persönliche Dokumente bekannt, in welchen sich der junge Mann mit sich selbst beschäftigt. Andererseits sind Mimik und Gestik des zu Beschreibenden schwer deutbar. Da Giuseppes Körpersprache selten zur Kommunikation genutzt wurde, ist sie heute unterentwickelt, aufgrund von Blockaden oftmals bizarr und kaum aussagekräftig.

Der Rückschluss aber, dass somit auch kein Innenleben stattfindet, ist nur bedingt richtig.

Nahe liegt, dass Giuseppes Gefühlsleben unter einem schützenden Schleier, welcher über die Jahre an Dicke gewann, ruht, und weder Giuseppes Geist, noch Giuseppes Körper zuspricht. Seine Empfindungen sind demnach nicht ausgestorben – sie entziehen sich lediglich Giuseppe, als auch seinen Beobachtern. Es muss davon ausgegangen werden, dass jene tieferen Empfindungen in Ballung existieren und bisweilen Luft schnappen.

Jene Dissonanz, jenes Neben-sich-Stehen, mit welchem Giuseppe durch das Leben geht, kann von demjenigen, der das Leben in seinen Facetten kennt, gewiss nachempfunden werden – im Zuge von Depression, Identitätsbildung oder gravierender Rollenkonflikte erfährt eine Vielzahl bisweilen den Zustand, welcher häufig mit »Innerer Leere« umschrieben wird und die entfremdete Perspektive auf das eigene Erleben meint. Da Giuseppe allerdings auf solch isolierte Weise herangewachsen ist, scheut es den Erzähler, dem Traumatisierten genaue Gefühle oder gar Ansichten zu unterstellen, ohne diese mit letzter Sicherheit herleiten zu können. Um die *rôle principal* nicht zu verfälschen, muss demnach ein möglichst äußerliches, deskriptives Erzählverhalten an den Tag gelegt werden. Dieses *Deskriptive* wird sich, um die Narration einheitlich zu halten, sowohl auf weitere Figuren als auch auf Einrichtungen und Begebenheiten übertragen.

Le style factuel kann demnach nicht beigelegt werden, sondern wird sich gleichwohl auf die reine Erzählung niederschlagen. Der Anspruch des Erzählers lautet dabei, sich jeglicher Sentimentalität zu entziehen und den Fokus auf das reine Geschehen zu legen.

Weiter soll festgehalten sein, dass Dialekte in der wörtlichen Rede nicht berücksichtigt werden können, obschon sie hinsichtlich der geografischen Lage *en masse* vorhanden sein müssten. Grund hierfür ist die bloße Fremdheit, sowie das eigene Unvermögen, halbgares, gebelltes Deutsch in seiner Klangart und somit in seiner tieferen Aussage zu treffen; nichtsdestotrotz dürfte es sich um zuverlässige Übersetzungen handeln.

[Die Genauigkeit der Einführung ist notabene der Redseligkeit Anders Pieks geschuldet, der, unter dem Einfluss von Alkohol, bisweilen in ein betont schmerzliches Schwelgen verfällt, was ihm, angesichts seines Rechts auf Menschlichkeit, verziehen sein soll.]

1.

Unsere Erzählung beginnt am frühen Morgen des Novemberanbruchs, zu einer der kältesten Zeiten des Tages und Jahres. Die Nacht war unlängst gezogen und hatte ihren frostigen Schatten zurückgelassen, Horizont und Zenit des Himmels unterschieden sich nicht; waren von dicken, undurchsichtigen Schwaden verhangen, sodass alles an Bauten und Natur aus graumilchiger Substanz hervorging. Dieses Weiß, welches den Sensibleren unter uns Schwermut bis Freudlosigkeit eingibt, den cholerischen Charakteren hingegen Missvergnügen, da deren Gemüt zwar nicht leiden muss, sie sich wohl aber, hinsichtlich des Wetters, um ihren Anspruch betrogen sehen – dieses Weiß verzog sich den gesamten Tag über nicht, und kann von der Leserphantasie als grundsätzlicher *décor* angenommen werden. Es war ein Sonntag.

Giuseppe schlief. Seit zwei Stunden jedoch begehrte sein Bewusstsein immer wieder auf, wollte den schummrigen Dämmer durchbrechen und dem Tage begegnen – die Furcht vor dem scheußlichen Erwachen jedoch unterwarf dieses Aufstreben auf unbewusstem Weg, und so kam es, dass Giuseppe stets erneut entschlief, und, seine nassen Beine, den nassen Bauch, den kalten Fuß und auch den bestialischen Gestank verdrängend, zurück in die Dunkelheit entglitt. Naturgemäß kam es trotzdem zu jenem Punkt, welcher nicht umschlafen werden kann, und wobei der Betroffene, so vernebelt sein Sinn auch sein mag, derart zu sich kommt, dass es unmöglich wird, die schmutzige Realität zu verneinen; Giuseppe war schmutzig.

Die ersten Regungen waren impulsive Söge durch die Nase. Das Gerochene gefiel offensichtlich nicht, denn es folgte einen Lang- und Nach-unten-Ziehen des Mundes. Mit einem Ruck setzte er sich auf. Er blinzelte durch verquollene Augen und hustete einmal fest in die Faust. Sein rechter Fuß war entblößt, dann sah er in die Faust und wischte den schleimig braunen Klumpen an der Jeanshose ab.

Er zog die Beine an, stemmte die eine Hand auf die Klobrille und drückte sich zitternd nach oben, hielt sich an der Trennwand und keuchte einmalig schwer. Die Hinterseite der Hose haftete durchnässt an seiner Haut, prüfend fasste er sich an den Hintern und drückte dabei wenige Tropfen aus dem Stoff, welche sofort, als die Hand weggenommen war, wieder aufgesogen wurden. Die Pfütze, in welcher er stand, schlug kleine Kreise, die sich um seinen einen bekleideten, und den anderen unbekleideten Fuß ausbreiteten. Ohne die Füße zu bewegen, verdrehte er den Oberkörper, um einen Blick in die Kloschüssel zu werfen. Der Betrachtung des aus Klopapier und Kot bestehenden Haufens, mit dem sich die Spülung seit langem nicht hatte messen können, entnahm Giuseppe, dass er nicht vomiert hatte. Es folgten zwei Huster. Ein dritter und vierter – ein ausgiebiges Freihusten der Atemwege, bis Tränen in Giuseppes Augen stiegen und er sich erschöpft auf den Rand der Klobrille niederließ.

Er begriff wohl, dass es sich bei jener Pütze, in welcher er geschlafen hatte, durchaus nicht um Leitungswasser handelte. Viel mehr war diese Pütze durch ihn, um ihn herum entstanden. Er fasste sich an den Bauch. Auch Shirt und Stoffjacke waren großteils durchnässt, die Winterjacke nirgendwo zu sehen. Dann betrachtete er seinen nackten Fuß, dessen lange, knubbelige Zehen gelblich schmutzig waren. Auch am Knöchel befanden sich bräunliche Spritzer, welche sich, nachdem er versuchte, sie mit dem Fingernagel abzukratzen, als hartnäckig erwiesen.

Noch immer auf dem Toilettenrand sitzend, überprüfte er seine Hosentaschen. In der einen fand er ein gewöhnliches Feuerzeug, welches nach einigen Versuchen zu einer Flamme im Stande war. Ebenso fand er zwei Zigaretten, von denen die rechte nur einseitig nass war. Die Ellbogen auf den Oberschenkeln abgestützt, begann er, die Zigarette über der

Flamme mittels schnellen Hin- und Her-Bewegungen zu trocknen.

Der inhalierte Rauch verursachte erneut Husten.

Als Giuseppe mit der Zigarette fertig war, erhob er sich wieder und warf den Stummel auf den Haufen in der Toilette. Ein Würgereiz machte ihn die Arme kurz hilflos abspreizen und sich nach vorne lehnen. Sein Herzschlag hatte sich beschleunigt und allein das Stehen bereitete Anstrengung, sodass er sich mit Gesäß und Rücken an die Trennwand lehnte, um kurz auszuharren.

Gegenüber an der Wand waren kleine, goldbraune Brandflecken, sowie achtlos hingeschmierte Parolen zu besehen, Giuseppes Blick schien jedoch ins Nichts zu gehen. Dem gedankenverlorenen Gesichtsausdruck zufolge dachte er an den vorangegangenen Abend, an die Mahlzeit, den Exzess, die letzten, ungetilgten Erinnerungen…

Ein röhrendes Gähnen seines Magens veranlasste ihn, die Toilettenkabine zu räumen. Er schob den Riegel zur Seite, zog die Tür an, und trat in den Flur.

Selbst ohne die auffällige Haltung des dürren, langgliedrigen Giuseppes (den Oberkörper leicht nach vorn geneigt, der Kopf letztlich abknickend und zu Boden gerichtet), hätte er den verlorenen Schuh inmitten des Flurs nicht übersehen können, sowie die braune, hartgetrocknete Schleifspur, welche die letzte Bewegungsrichtung angab, ehe der Schuhe abgestreift worden war. Natürlich waren die Sportschuhe, die er zu tragen pflegte, alt, ausgefranst, die Sohlen durchgelaufen und für die Jahreszeit reichlich ungeeignet, denn das Wasser drang von unten hindurch und warm gaben sie nicht. Dass der Eine des Paares nun jedoch mit scheinbar ursprünglich nassem Kot angefüllt und bedeckt war, das machte ihn wesentlich unbrauchbarer – und just in der Betrachtung des schmutzig weißen Schuhs, der auf den dunkelgrauen Fließen zunächst über die eigene Fracht gerutscht, dann liegen geblieben war, drängte sich, als müsse ein

Gegenstand zunächst gesehen werden, ehe er Duftstoffe entsendet, Giuseppe der Fäkalgeruch auf.

Er hatte den Schuh nur einen Augenblick lang gemustert; schon ging er um die Kabine, in welcher er genächtigt hatte, und trat vor den Spiegel.

Das Licht der öffentlichen Toilette war grell und trotzdem auf eine Weise dunkel; von Tageslicht war im unterirdischen Parkgeschoss nichts zu bemerken. Der Spiegel wurde selten gewischt; die Spiegelung war durch die zarte Staubschicht leicht eingetrübt. Im Waschbecken klebte ein nasser Klumpen des grauen Trockenpapiers.

Ohne sich anzugucken, wusch Giuseppe seine Hände und machte dabei nicht den Eindruck, eine lang einstudierte Bewegung auszuführen: Anstatt mit den Fingern ineinander zu greifen und gleichsam die eine Hand die andere putzen zu lassen, wischte er unbeholfen mit der einen Handfläche über Rücken, Gelenke und Fingerzwischenräume der anderen Hand; und eine tierische Art war ihm dabei zu eigen, wie er die Hand weit vornüber gebeugt musterte, erneut zu wischen begann, den Kopf zuckend drehte oder lautstark durch die Nase ausatmete, dass es einem unzufriedenen Grunzen gleich kam.

Erneut ächzte sein Magen, was einen knappen Blick in das eigene Antlitz herbeiführte – welcher nicht ungenutzt bleiben soll.

Zunächst die Augen. Vom grässlichen Schlaf, dem Alkoholgenuss, sowie einer gewissen *Mattheit* der Seele belastet, zogen sich rötliche Filme über Giuseppes Augenweiß. Auch die Augenränder waren tiefrot. Die grauen Regenbogenhäute, welche an das draußen herrschende, charakterlose Weiß erinnerten, umschlossen Pupillen, aus denen bei subtiler Betrachtung nichts hervorging; kaum an Willen, noch an Leiden. Die Lider waren wie geschwollen dick und hingen ermüdet schwer bis über die grauen Kreise. Die Stirn schien alt. Wegen des beständigen zu Boden Starrens, welches beinhaltete, dass Giuseppe häufig die Stirn runzelte, sofern er geradeaus

26

oder nach oben sah, bahnten sich bereits in seinem verhältnismäßig jungen Alter tiefe Falten in das Stirnfleisch. Weitere Gesichtspartien wiesen ähnliche, frühalte Züge auf. So etwa die Backen, welche unterhalb der Wangenknochen grauschattig einfielen, und ganz allgemein die bleich anliegende Haut, welche von Leben unausgefüllt blieb. Das Kinn, das sich des Öfteren krampfhaft kraus noch oben zog, war zudem wegen seiner Mickrigkeit auffällig. Ein an den Rändern schmaler Mund, welcher mittig der Oberlippe jedoch eine hervorstehende und nach unten geneigte Auswölbung trug und dem darum etwas kindliches, einfältiges anhaftete. Die unförmige Nase zeigte mit der Spitze leicht nach oben und war deutlich zu groß für das zarte Nasenbein, sodass sie wie nachträglich angebracht anmutete. Blonde, bisweilen schwarz eingefärbte Bartstoppeln, die sich über der Lippe konzentrierten. Seitlich der Stirn zog sich der Haaransatz bereits zurück; *Geheimratsecken*, wie es der Volksmund nennt. Das Haar ungepflegt, pechschwarz und glänzend, am Wirbel hinten abstehend.

Durchaus: Giuseppe wirkte Jahre älter als er war. Wer ihn nicht kannte, der ging richtig in der Annahme, dass diesem unbekannten Niemand getrost aus dem Weg gegangen werden musste, ja, Giuseppe hatte es – und dies sei mit Vorsicht gesagt – in der Tat geschafft, sein Inneres nach außen zu kehren; – – Freude, Sinn, Würde – das gehörte nicht dazu, dafür eine unsichere, bis verbissen feindliche Ausstrahlung, welche wiederum Negatives förderte, geradezu provozierte. Giuseppe nannte diesen Teufelskreis, dem er zu entkommen zu gequält war, Leben. Giuseppe nannte dieses Leben, das er zu meistern zu dumm war, Scheiße.

Einzig der Wasserstrahl zischte und bildete die Geräuschkulisse.

»Scheiße«, sagte er dumpf und hohl in den Spiegel – und plötzlich hoben sich seine Backen, plötzlich wurde das Kinn kraus, das Gegenüber zu einem alten Freund, und Giuseppes gesamte Visage rutschte in einem Anflug von *amusement* ein Stück nach oben. Zweimalig blinzelte er sich freundlich an, und widmete sich dann der anderen Hand.

Dieses kurze Andeuten von Belustigung bezeugte keineswegs Humor, bedeutete nicht den Versuch, den Schuhvorfall, mitsamt seiner belastenden Symbolik des Kontrollverlusts, durch selbstgeschaffene Situationskomik auszuhebeln. Es muss angenommen werden, dass Giuseppe dem besudelten Schuh innerlich überhaupt keine Aufmerksamkeit schenkte.

Nachdem der Wasserhahn verstummte, *lächelte* er wieder, nickte, und sagte mit nachdrücklichem Unterton: »Danke.«

Er bemerkte den Zusammenhang nicht, welcher sich durch seinen unbedachten Ausspruch ergeben hatte – Giuseppe meinte mit »Scheiße« ausschließlich, grundlos und ohne jeden Tiefgang genau *das*; fluchte also – und überprüfte des Weiteren lediglich seine wichtigsten Fertigkeiten als Clochard, als Bedürftiger und Bittsteller: Lächeln und Danken.

Nachdem die Reinigung der Hände abgeschlossen war, zog er den Reißverschluss der feuchtklammen Stoffjacke bis zum Anschlag hoch, bedachte in einem Sich-am-Schenkel-Kratzen kurz die Innenseite seiner Hose, als auch die starr gewordene Spur entlang des Beines, – und verließ, zur Hälfte barfuß, die Toilettenräumlichkeit.

Im ausgestorbenen Parkhaus ergriff die durch Luft und Betonpfeilern wirkende Kälte Giuseppes Brustkorb; er zog den Kopf zwischen die Schultern und ballte die Fäuste. Sein Gang war eigenartig humpelnd, nicht zuletzt da er auf dem einen Fuße höher als auf dem anderen stand. Zielstrebig ging er an der Schranke vorbei und die Auffahrt hinan.

Als er auf den Gehsteig trat, fand er die Straße und die Grünanlage, welche über dem Parkgeschoss lag, verlassen. Wenige, grau eingefärbte Schneekadaver schwanden am Straßenrand, das gespenstische Weiß, welches über der Stadt herrschte, band Bewohner an Bett und Heizung: Der Sonntag ruhte; kein Auto fuhr, die Bushaltestelle gegenüber blieb ungebraucht, die Fassaden; stumm und ohne Regung hinter den farblosen Gardinen.

Giuseppe fröstelte. Wieder brodelte es in seinem Magen, und kurz blieb er stehen, um sich die Augen zu reiben. Schließlich ging er rechts ab, auf die Konzerthalle zu.

Um die gerundete Glasfassade der Halle schlürfend, vermied er es, sich in der Spiegelung zu betrachten. Auch suchte er keineswegs den Blick des über die angrenzende Fußgängerbrücke joggenden Herrn, welcher ganz in schwarz gekleidet; in enger Sporthose, Regenjacke und Wollmütze, kondensierenden Atem ausstieß. Jener Herr jedoch reagierte wohl auf Giuseppes Erscheinung – und zwar durch den angestrengten Versuch, nicht zu reagieren; sein Blick huschte sehr kurz nur auf den nackten Fuß und richtete sich sodann starr geradeaus, bis er vorüber gelaufen war und seine leichten Tritte mitsamt dem hellen Knirschen verklangen…

Vor der Fußgängerbrücke verlief ein Weg links ab und führte entlang des Linken Regnitzarmes in die Altstadt, bis auf die Markusbrücke. Wenige Schritte ging Giuseppe auf diesem Wege, bis das Geländer, hinter welchem im Sommer die Böschung den Fluss verbarg, abriss, und eine schmale Schneise durch kahles Gesträuch und nackte Bäume zum Fluss hinabführte.

Tölpelhaft bestritt Giuseppe den steil hinabgehenden Pfad; marschierte zunächst von Fuß auf Fuß fallend wenige Meter – geriet dann ins Rutschen und hielt sich in letzter Not an einem Ast fest; trotzdem entglitten ihm die Beine; woraufhin er seitlich liegend an den Hang sackte. Erneut beschleunigte sich sein Herzschlag. Stetig an den Ast geklammert, wanderte sein trüber Blick über das Flussgestein, überquerte den hochstehenden Fluss, landete am gegenüberliegenden Ufer, und schoss dort einem Baum bis zu den letzten Verästelungen empor, vorbei am hintergründigen *Hotel Residenzschloss*, bis über die erhabenen, matschgrünen Terrassen des Michelsbergs, worauf das Kloster mit seinen parallel verlaufenden Türmen Giuseppes Blick weiter hinan zog, bis über die Höhe der rasant zulaufenden, ins taube Weiß stechenden Zwillingsspitzen hinaus…

Ein Rascheln im modrigen Blätterteppich, und sofort wandte Giuseppe den Blick ab. Er stierte nach dem Ursprung des Geräuschs; eine Maus, eine Wasserratte, ein Vogel – ungewiss, doch er ging wieder auf die Füße, Schlamm quoll zwischen den nackten Zehen auf, er hustet unsicher.

Der Pfad endete unter dem Sockel der Fußgängerbrücke. Das Wasser spielte durch glitschig braune Steine und unter der kürzlich niedergeschmolzenen Schneeschicht kamen bunte Plastikverpackungen zutage; Süßigkeitenpapier, eine Zigarettenschachtel, diverse Flaschen und eine Dose Seifenblasen mit vergilbtem Etikett.

Giuseppe wankte über einige Steine und ging direkt am sachte anschwappenden Gewässer in die Hocke. Prüfend tunkte er seine Hände unter. Ein unwilliges, krampfhaftes Zucken durchfuhr seine gedrungene Gestalt. Er schüttelte einige Tropfen von seinen Finger, dann wanderte erneut sein Blick und blieb dieses Mal an einem der wenigen Bäume haften, welche ihre Kronen nicht wie andächtig betend über den Fluss hielten, sondern damit stramm geradeaus in den Himmel zielten.

Bis zum vergangenen Sommer hatte er dort seine Angel versteckt gehalten, an jenem Baume, ins Geflecht der Kletterpflanzen eingewoben. Karpfen, Barsche, Bachforellen, Rotfedern und Zander hatte er hierorts bereits an Land ziehen können, die Angel jedoch war im August gestohlen worden…

Erneut stand er auf. Und öffnete den Reißverschluss der Stoffjacke, pellte sich daraus hervor, und warf das Stück in einer impulsiven Bewegung an den Brückensockel. Mit dem Shirt hatte er erheblich mehr Probleme, denn der nasse Stoff haftete besonders an. Jeans und Unterwäsche folgten, wobei er sich rasch besann und alle Klamotten erneut auflas.

Komplett entkleidet kauerte er am Ufer und begann, die Kleidung zu tränken, sauber zu reiben und auszuwringen. Seine langen, fahlen Glieder, die knöchernen Schultern und blanken Wirbel, die ruppigen Bewegungen und die aufgestellten Härchen, zudem das scharfe Seufzen und *Bibbern* – all das in Summe verlieh dem Beobachteten erneut den Akzent von geistiger Retardierung, bis hin zu Verwüstung.

Als die Kleidungsstücke von einem dicken Ast troffen, stand Giuseppe bis zu den unteren Wadenpartien im Fluss. Fröstelnd und engschultrig rieb er die Fäuste an den Schenkeln. Seine Lippen waren blau umrandet, die Kniegelenke schlotterten gegeneinander. Kaum aufgewärmt entwich der Atem aus seiner Burst und trotzdem fing er ihn mit den Händen ein; scheuerte dann plötzlich wild mit den Handflächen über die Backen; kniff die Augen zu und riss den Mund auf – und fasste sich ein Herz.

Flussaufwärts, hinter den Schleusen, gab es zu dieser Zeit bereits die typischen Muster zerbrochener Eisschollen zu betrachten.

2

Schuppen träfe es nicht. Und *Hütte* suggeriert einen gewissermaßen geplanten Aufbau – will sagen: Es handelte sich um eine aus Wellblechen, Holzlatten, Ziegelsteinen und Planen opportun zusammengehaltene Räumlichkeit. Unter Dreck und Moosen, zudem wegen der außerordentlich niedrigen Höhe, war der Verschlag von der Straße aus kaum wahrzunehmen. Selbst vom Gehsteig aus entfloh diese *Wohnung* der Aufmerksamkeit ihres Betrachters, und wer hinsah, der erkannte nicht mehr als ungebrauchte Überbleibsel einer einst hier gelegenen Kleingartenanlage.

Giuseppe klopfte an die Tür. Stand er aufrecht, so konnte er dennoch über das Dach hinweg auf die Straße blicken; auf die Kreuzung des Münchener Rings, wo die Ampel an diesem Tag, sollte sie auf Rot springen, lediglich ein bis zwei Fahrer zum Anhalten brachte. Giuseppe klopfte nochmals.

Hinter der Tür wurden Geräusche vernehmbar. Irgendetwas wurde beiseitegeschoben, altmodische Bettfedern quietschten und ein Grummeln und Schmatzen ertönte über wenigen, schlürfenden Schritten. Ein Rütteln an der Tür, dann ein Klicken. Nach innen aufgezogen, erschien einzig ein Gesicht im Türspalt, die Augen sofort schmerzlich verengend.

»Giuseppe«, lautete die Begrüßung. Wobei es mehr wie ein *Schosebb* klang.

Uwe – über den kaum Informationen vorliegen – musste über sechzig Jahre alt sein. Seine kleinen Augen waren blassblau. Die weiten Tränensäcke darunter *körnig* – weitere Milien wurzelten in der Augenregion, insbesondere an den Lidern. Seine Brauen waren wild zerzaust. Darüber trug er je zwei Bögen in die Stirn eingefaltet, womit er stets etwas hilflos und fragend dreinblickte. Das nikotinblonde, ellenlange Haar pflegte er nach hinten zu kämmen, wo es der Fettigkeit wegen liegen blieb. Der im Ansatz grau werdende, überdimensionierte Schnauzer war gewissermaßen Uwes Markenzeichen und hatte zudem die

Funktion, braune Zähne zu verbergen. Wenn er sprach, war es, als spräche der Schnauzer.

»Bist ins Wasser gefallen?« Die blassblauen Augen fuhren an Giuseppe hoch und runter. »Komm rein du, ist noch Glut von gestern da.«

Die Tür ging weiter auf, Uwe wandte sich ab. Giuseppe duckte sich und folgte dem weit vornübergebeugten Uwe, dessen ausgeblichen türkiser Fleecepullover über dem Steißbein hochgerutscht, Sicht auf ein in die Hose gestopftes, kariertes Hemd freigab.

»Da, setz dich. Das war was gestern, ha?«

Er wies auf ein einzelnes Kissen mit weißem Bezug und grauen Flecken. Er selbst drehte sich mit wenigen Trippelschritten unter der tief liegenden Decke um, und ließ sich auf ein dürftiges Bettgestell fallen. Die Federn quietschten.

In einem Eck des kleinen Raums befand sich eine Feuerstelle. Darüber war ein augenscheinlich selbstkonstruierter Abzug aus einer breiten Rohrleitung, Drähten und Alufolie errichtet. Kartonkisten mit Holzscheiten stapelten sich. Des Weiteren gab es eine eingestaubte Kommode, worauf sich wenige Gewürze, Zigaretten, Töpfe, ein Beil und eine Sammlung leerer Bierflaschen befanden. Auf dem Boden lag ein Teppich mit beigen Zotteln.

Giuseppe hatte sich gesetzt; die hageren Beine angezogen und umschlungen, die Augen auf die Wand gerichtet.

Misslaunigen Blicks stocherte Uwe mit einem Schürhaken in den Kohlen, bis er schwerfällig aufstand und sich nach einigen dünnen Holzstücken bückte. Er flatulierte, doch weder er noch sein Gast ließ sich etwas anmerken. Mit einem Kartonstück fächelte er der Glut Luft zu, bis er sich erneut auf das Bett fallen ließ und Giuseppe mit nach vorn geneigtem Kopf über die Stirn hinweg musterte.

»Bist ins Wasser gefallen?«

Giuseppes Augenpaar wich flüchtig von der Wand ab, zuckte nach Uwe, doch fasste ihn nicht ins Gesicht. Kurz angebunden nickte er mit dem ganzen Oberkörper, und starrte dann zwischen seine Beinen auf den Boden.

»Schuh hast du auch verloren. Gott, Junge, die ganze Klamotte festgefroren!«

Als habe er Giuseppes Zustand erst ansprechen müssen, fing dieser zu zittern an. Uwe zog die ohnehin fragende Stirn noch fragender hoch.

»Nimm die. Wird schon.«

Ohne sich zu regen, ließ sich Giuseppe die muffige Decke umlegen. Uwe nahm wieder Platz, stützte die Unterarme auf den Oberschenkeln ab und legte die Finger lose ineinander. Eine Weile beobachtete er Giuseppe, bis er ein Räuspern andeutete, sich leicht nach hinten lehnte, nochmals die vorherige Haltung einnahm, und nun gleichwohl auf den Boden starrte. Einige Minuten verstrichen.

»Sag mal, wo bist du denn hin, gestern Abend?« Uwe schien etwas eingefallen zu sein. Er erhob sich, ging geduckt und tattrig an die Kommode, und lüfteten dort einen der Töpfe. Er griff hinein und zog das Skelett eines Kaninchens hervor. Einige Sehnen und Fasern standen ab, ansonsten war der Rest ganz offenbar verzehrt worden. Einen Schritt zur Seite getreten, damit Giuseppe das tropfenden Tier sehen konnte, sagte er: »Seit über zwanzig Jahren hab ich keinem Hasen nicht mehr das Fell über die Ohren gezogen. Sag, wo hast du den denn hergehabt? Gefunden oder was?«

Zwei schnelle, dem Boden gewidmete Nicker brachten Uwe dazu, das Kaninchen in den Topf plumpsen zu lassen und den Deckel aufzulegen. Er schob die Hände in die Hosentaschen der ausgeleierten Jeans und musterte Giuseppe vornüber gebeugt.

»Bist eine harte Nuss, was. Muss man dir erst eine ganze Flasche Korn reinkippen, damit du was merkst? Junge.«

Die Bettfedern ächzten lang gezogen und im Sich-Niederlassen fuhr Uwe fort: »Aber lange nicht mehr so gut gegessen. Kartoffeln, Hase, herrlich. Herrlich... Tauchst einfach auf mit dem toten Vieh, frisst mit uns, säufst mit uns, und haust dann ab, mit dem Zeug. Gebrüllt hast du; wie ein Bekloppter.« – Ein vorwurfsvoller, doch mehr besorgter Blick. »Gebrüllt wie verrückt geworden.«

Nachdenklich schüttelte Uwe den Kopf. In Giuseppes verschlossenem Gesicht nach irgendetwas suchend, schnaubte er uneindeutig, lehnte sich gegen die Wand und bettete seine Hände in den Schoß. Fortan redete er zu seinem nicht zu übersehenden Bauch.

»Von wegen: *Was das alles noch soll* und so weiter – ein Durcheinander war das, kannst du glauben. Hat kaum noch einen Sinn gemacht. Manni hat gesagt, so wären die alle drauf in Berlin oben… Hast Manni den Stoff weggenommen und auf ihn geflucht, dass er ein Geizkragen ist, ein selbstsüchtiges Schwein hast du ihn genannt… Dabei hat er das Zeug doch geteilt mit uns. Hat es doch mitgebracht! Kam von der Schicht; hatte Glück und konnte ein wenig Fusel mitgehenlassen – war wirklich guter Dinge, ha – dann tauchst du mit deinem Hasen auf und säufst das gute Zeug in Nullkommanichts weg… Ewigkeiten hört man nichts, dann stehst du vor der Tür, sagst kein Wort und drückst mir das Vieh in die Pfoten.«

Ganz kurz sah Uwe auf; ein flinkes Zucken hob den Schnauzer.

»Und nach der halben Flasche ging der Teufel los, halleluja. Gewettert hast du, auf alles und jeden, auf die Saudis und die Juden, auf irgendwelche Zwillinge, auf die Merkel, tausend Mal. Mich hast du einen Vollpfosten geschimpft. Manni hast du angespuckt und dann; rumgebrüllt und rumgeschlagen, wie im Affenkäfig oder sonst wo. Gleich kommt die Bullerei, dachten wir – wenn das jemand an der Straße hört – wollten dich rausschmeißen, aber du bist von allein abgehauen, mit dem Zeug. Hast Manni angespuckt und *Erschlag mich doch!* geschrien. Konntest kaum noch laufen, wie du da vorn über die Straße bist. Auf leeren Magen oder was – was war da los, Junge? Bist du in der Nacht noch reingefallen? Hast versucht, dich zu ersäufen? …Hör mal, willst du gar nichts sagen?«

Bei genauer Beobachtung war nun eine gewisse Verhärtung an Giuseppes Blick zu notieren. Er sah Uwe nicht an und unterband den Augenkontakt. Als Uwe jedoch reserviert zur Seite sah, weg von Giuseppe, räusperte sich der junge Mann. Wobei es eher der Versuch zu einem Räuspern war; ein kehliges Luftausstoßen.

»*Was*«, sagte der Schnauzer trocken.

Und als Giuseppe offenbar nach Worten rang – und schließlich unter der Last der an ihn gerichteten Erwartungen erneut verstummte, seufzte Uwe scharf, zog seine gestiefelten Füße näher über den Teppich an sich heran und überschlug letztlich Beine und Arme gleichsam, wobei die Unterarme lose auf dem Bauch lagen. Die Bettfedern quietschten bei jeder Bewegung.

Giuseppes Magen knurrte hörbar in den stillen Raum.

»Hunger?«, fragte Uwe schnell und zänkisch. »Bist hier, um zu essen? Ha? Noch was von dem Hasen holen, den wir Dummköpfe schön für dich zubereitet haben, wie?«

Mit plötzlich durchgedrücktem Rücken betrachtete er Giuseppe argusäugig.

»Jetzt fällt mir wieder ein, wieso wir uns nicht mehr gesehen…«

»Meine Jacke«, unterbrach Giuseppe mit ausgehöhlt dumpfer Stimme.

Uwes Brauen zogen sich erbost zusammen. Ein Luftschwall strömte aus seiner Nase über den Schnauzer. »Manni hat sie mitgenommen«, sagte er. »Gott, klar hat er sie mitgenommen! Du trinkst seinen Schnaps – er nimmt deine Jacke. So ist das. Deswegen bist du hier? Wegen der Jacke?«

In wenigen Sekunden nickte Giuseppe überaus viel, wodurch der Eindruck entstand, er selbst habe soeben erst herausgefunden, weshalb er an Uwes Tür geklopft hatte.

»Jacke«, wiederholte Uwe mit anerkennender Schnute, das Kinn sachte auf und ab wiegend.

Der mokante Unterton entging Giuseppe. Seine Augen ruhten nun wieder *enthärtet* auf der Wand und es war nicht auszumachen, ob er nachdachte oder die Information bezüglich der Jacke schlichtweg hinnahm.

Plötzlich fuchtelte Uwes rechte Hand durch die Luft: »Ja, was jetzt, Junge? Mehr hast du nicht zu sagen? Was ist denn los mit dir? Zunge hast du doch drin, wie man eben gehört hat! Oder bist du einfach zu blöd? Schaust du mich an.«

Widerstrebend gehorchte Giuseppe und wandte den Kopf. Er blinzelte keineswegs.

»So. Also. Warum bist du hier? Wegen der Jacke. Oder weil du was im Magen brauchst?«

Langsam zog Giuseppe den Blick ab, als befände er sich in tiefen Überlegungen. Bis er die Oberlippe herab senkte, impulsiv den Zeigefinger zückte und sich direkt unterhalb der Nase kratzte. Sein Magen grollte.

»Darum. Hier gibt es nichts mehr, kapische? Geh zur Tafel. Deine verdammte Jacke ist nicht hier, geh zur Tafel und gut ist. Stiefel werde ich dir nicht lassen.«

Die Bettfeder atmeten auf und Uwe machte sich an der Kommode zu schaffen. Er schob die Töpfe gegen die Wand, überprüfte die Zigarettenschachtel, ordnete die leeren Flaschen feinsäuberlich wie Pins, doch Giuseppe verstand jenes nicht. Anstatt sich auf die Beine zu begeben und sich zu verdrücken, blieb er an Ort und Stelle, auf dem weißen Kissen mit den grauen Flecken. Seine Arme, mit denen er die Beine umschlungen hielt, lockerten sich etwas.

Uwes unvermitteltes Interesse an der häuslichen Ordnung wirkte merklich beruhigend auf Giuseppe, und als der Gastgeber, nachdem er sich überaus bemüht hatte, ein Häufchen Dreck aus einem Eck in ein anderes zu kehren, einen scheuen Blick nach seinem Gast warf, und dieser unbewegt hockte, starrte und ganz offenbar nicht gedachte, zu verschwinden – da war auch an Uwe eine plötzliche *Erleichterung* zu bemerken: Mit einem tiefen Atemzug senkten sich seine Schultern. Inmitten des Raumes harrte er aus und strich sich gedankenverloren das nikotinblonde Haar nach hinten glatt.

»Wie war das, haben die offen?«, fragte er, indem er sich am Kinn rieb. »Tafel, sonntags?«

»Ist mir egal«, ließ Giuseppe ausdruckslos verlauten, wobei seine Worte einander verschluckten.

»Gehst nicht mehr hin?«, fragt Uwe durchaus erstaunt.

Energisch und endgültig schüttelte Giuseppe den Kopf. Uwes Brauen engten sich.

»Warum das?«

»So halt«, antwortete Giuseppe, nachdem er mit gekräuseltem Kinn hastig auf der Unterlippe gekaut hatte – er blinzelte nun sehr häufig. »Scheißladen«, fügte er nach kurzem an.

»So halt. Scheißladen«, konstatierte Uwe an sich selbst gerichtet und tat langsame Schrittchen auf das Bettgestell zu. Er hielt inne, hob den Kopf und sah Giuseppe von oben und von der Seite an.

»Bleibst du hier?«, fragte er hölzern.

Giuseppes Arme strafften sich um die Beine. Ein knappes Nicken folgte, es hätte auch ein Schlottern sein können. Sein Fokus lag ganz auf der Wand.

»Wenn das so ist…«

Uwe setzte sich, es quietschte. Er hielt Giuseppe die ausgestreckte Hand hin.

»Da komm her, Giuseppe.« Wobei er erneut *Schosebb* schluderte.

Eifrig beugte er sich vor, beidhändig Giuseppes linken Unterarm greifend; sein Hintern hob sich sogar und entlastete eine Feder – und unter »Nun, komm«, »Komm her, Giuseppe«, »Da her«, schaffte er es, den langen, klammen Kerl, welcher sich eigenartig hilflos dem Ziehen und Bitten ergab, neben sich auf die Bettkante zu landen.

Nachdem er seinen Nebenmann gemustert hatte, leitete Uwe ein zweites Manöver ein; rutschte an das Fußende, drückte Giuseppes Schulter gleichsam Richtung Matratze, ließ letztlich ab und bemühte sich, Giuseppes Füße, bei den Gelenken gepackt, zu sich auf das Bett zu hieven.

Halb noch auf den langen Arm gestützt, im Allgemeinen jedoch so gut wie liegend, machte Giuseppe ein lautes: »*Hnn.*«

Tatsächlich suchte er nun nach den blassblauen Augen, doch in einem akuten Anfall von Überfürsorglichkeit schien Uwe geradezu benommen und redete zu sich selbst.

»Ja, ja, die Decke.« Jene vom Boden auflesend, ging der alte Mann mit dem Schnauzer abermals auf die Beine, begutachtete den jungen Mann mit dem flachen Hinterkopf im Bett, und wedelte mit flinken Fingern, damit dieser Platz mache und an die Wand rutsche. Giuseppe tat es zunächst, hielt dann inne, und beäugte Uwe, der soeben die Decke über seine Füße warf.

»*Was*«, sagte er barsch und zugleich befangen.

Uwe hörte nicht. Mit einem eigentümlichen Seufzen, welches seine Lippen nicht verließ; vielmehr im Halse resonierte, war er tief gebückt damit beschäftigt, den Deckenzipfel unter Giuseppes Fersen zu schieben. Dann hob er den Blick und nickte Giuseppe mit angedeutetem Lächeln zu. Er richtete sich stattlich auf, bis ins Hohlkreuz, sein Haar berührte das Wellblech.

Den Bauch nach vorn gestreckt, das Kinn angelegt, zwinkerten die blassblauen Augen zutraulich. Es folgten Geräusche von Stiefeln, die abgestreift wurden, Geräusche einer bedienten Gürtelschnalle, das Geräusch von Gürtel-aus-dem-Bund-Ziehen, sowie das schlaffe Zusammenfallen eines Stoffs, welcher über die Jahre jedwede Straffheit verloren hatte.

»Rutsch doch mal rüber, Giuseppe«, sagte Uwe, die Hände bereits auf die Matratze gestützt. »Mach Platz da, komm…«

Sein Gesicht war dem Giuseppes sehr nahe gekommen und er drückte den jungen Mann mit sanfter Gewalt weiter zur Wand hin. Giuseppe folgte dem Impuls, richtete sich während des Rutschens jedoch auf. Ausdruckslos betrachtete er Uwe. Dieser ließ sich nieder, schwang die Beine über die Bettkante, hob die Decke an und packte seine mit ausgeleierten Stricksocken bestrumpften Füße zu denen Giuseppes. Des Öfteren hob er die Hüfte, schob das Gesäß hier hin und dort hin – welches ein enormes Gequietsche zufolge hatte – dann aber rollte er sich zur Seite, stützte den Kopf auf den Ellbogen und sah Giuseppe an.

Den blassblauen Augen instinktiv ausweichend, wanderte Giuseppes Blick über die halbrunden Buchten zwischen Wellblech und Ziegelmauer. Mit kalten Brisen spitzelte das Weiß in den Raum.

Uwe hob den freien Arm. Nicht gerade sanft, mit Nachdruck allerdings strich er über Giuseppes Unterarm. Seine Finger schlossen sich. Sein Blick war beteuernd und erinnerte an die wortlose Kondolenz, wie sie bei Bestattungen üblich ist.

Ein Ruck fuhr durch Giuseppes Oberkörper. Mit einem scheuen Kinn-kraus-Ziehen entriss er Uwe den Arm. Es war, als läge ihm etwas auf der Zunge, die rechten Worte schienen jedoch zu fehlen und so ließ er abermals ein inständiges »*Hnn*« verlauten.

Mit beständigem Blick legte Uwe die Hand nochmals auf Giuseppes Unterarm und ließ sie dort mit *inniger Schwere* liegen. Giuseppe starrte gerade aus und duldete die Berührung. Derart verstrich eine Minute.

Plötzlich kam Bewegung auf. Giuseppes Arm freigebend, stieß Uwe die Hand unter die Decke, ließ das Bett ordentlich ächzen, strampelte mit den Füßen und hatte sich demzufolge seiner Unterhose entledigt. Seine Handgriffe wurden präzise und unnachgiebig; er fasste Giuseppes Becken, drückte es von sich und robbte simultan mit der Hüfte näher an Giuseppes Hinterpartie. Unter dem sonderbaren In-sich-hinein-Seufzen versuchte er, den sich aufbäumenden Giuseppe zur Ruhe zu bringen; legte die eine Gesichtshälfte auf Giuseppes Schulter und drückte diese hinab, seine freie Hand *wurstelte* sich um

Giuseppes Rumpf und Rücken, sodass es Giuseppe nicht gelang, sich aufzurichten, geschweige denn, sich zu befreien. Immerzu wurde er durch die enge Klammerung in die Matratze gezogen, indes es unter dem Schnauzer nun unmissverständlich lustvoll bebte…

Die Szenerie glich dem naiven Kinde, welches mit Grobheit versucht, eine sich stäubende Katze auf dem Arm zu behalten. Worte fielen nicht. Es seufzte, *Hnn*-te, raschelte und quietschte. Mit geschlossenen, zitternden Lidern und mit gespitztem Mund spürte Uwe blindlings nach Giuseppes Gesicht, Mittel- und Zeigefinger hatte er bereits in dessen Hosenbund gesteckt, wo sie bohrten und zerrten. Seine Hüfte arbeitete nachdrücklich.

Giuseppe wand sich, drückte, *Hnn*-te. Dann jedoch – und dies schien durchaus in Zusammenhang mit dem zu stehen, was sich unterhalb der Decke abspiele (welche im Übrigen einzig aus Gründen der Zensur resolut auf den Männern lag; nicht weggestrampelt wurde), – schlug Giuseppes Ellbogen in einem verzweifelnden Sich-frei-Zappeln auf Uwes Nase.

Sofort ließen die vehementen Bemühungen des alten Mannes nach. Das Nasenbein an der Wurzel gegriffen, kippte er auf den Rücken.

»*Haah. Haah*«, stöhnte er langgezogen, um den Schmerz möglichst auszuatmen.

Ob der Bann gebrochen war und Uwe seine Contenance zurück erlangt hatte, oder ob er sogleich mit *echter* Brutalität aufspränge – dies blieb ungewiss: Ungelenk krabbelte der lange Giuseppe auf allen Vieren an das Fußende des Bettes, setzte eine Hand auf den Boden, krabbelte weiter, landete das erste Knie auf dem Boden – da packte Uwe das auf der Matratze hinterbliebene Bein beim Fuße; Giuseppe schlug sofort nach hinten aus, zog das Bein an, schlug wieder aus, wiederholte den Vorgang einige Male, bis er schließlich den zweiten Schuh an Uwes Griff verlor – Er stolperte vorwärts auf die Beine, krachte gegen die Kommode; eine Bierflasche kippte und riss eine zweite mit sich zu Boden, Giuseppe satzte über die Scherben hinweg nach vorn; stieß sich den Kopf am Wellblech – und lüftete somit die Decke des Raumes für einen Moment.

Als er die Tür aufriss und hindurch hastete, stieß er sich die Stirn nochmals am Rahmen. Betäubt und barfuß taumelte er über den grauen Schotter; giraffenartig ungestüm entlang des Zauns eines Kleingartens; auf die leere Straße zu.

»Idiot!« Uwe erschien im Türrahmen, sich hastig das Hemd in die Hose schiebend.

Arglos wandte sich Giuseppe um. Uwes ansonsten geglättetes Haar stand an einigen Stellen ab. Fragend sah er durchaus nicht mehr aus; seine Brauen zogen sich tief bis über die Nasenwurzel zusammen, welche deutlich gerötet war, ebenso zeigte er verbissene, faulige Zähne unter dem übergroßen, ebenfalls zerzausten Schnauzer. Er feuerte den Schuh nach Giuseppe, verfehlte ihn allerdings.

»Idiot!«, fauchte der alte Mann erneut, keuchend und angriffslustig vornüber gebeugt. Giuseppe zog den Blick bereits bänglich ab, da verschwand Uwe in seinem Kabuff, kehrte zeternd wieder – und schleuderte eine dicke, schwarze Jacke auf ein zugefrorenes Schlagloch.

»Verdammter Idiot! Abgefickter Idiot! Zu blöd für die Welt! Zu blöd zum Leben, zu blöd zum Scheißen! Zum Scheißen zu blöd!« Der gealterte Hals war rot angelaufen. Rasselnd brüllte Uwe ein letztes, vernichtendes: »Für alles!«, schlug dann die Tür hinter sich zu – umgehend war das Hantieren am Vorhängeschloss sowie dessen Klicken zu hören.

Mit verdrehtem Oberkörper musterte Giuseppe die Tür. Nach einigen Augenblicken schlurfte er über den Platz, und las seine Jacke auf.

Zum dritten Kapitel liegt eine gesonderter Anmerkung des Erzählers vor. Diese ist im Anhang hinterlegt und einsehbar.

3.

Giuseppe marschierte die vierspurige Forchheimer Straße hinan, Richtung Berliner Ring. Hinter der grünbleichen Schallschutzmauer ragten die gleichförmigen Wohnhäuser der *Gereuth* empor, und geradeaus; das rote Logo des abseitigen Supermarkts.

Vor dem Entree der Brose-Arena blickte er auf den *unteren*, leergefegten Parkplatz, wo die durchsichtigen Einkaufswagenhäuschen standen. Einzig vor dem asiatischen Schnellrestaurant geschah etwas: Ein Junge und ein Mädchen tollten umher und schossen einen Plastikball über die Parkbegrenzungen, indes vor einer Seitentür ein Mann mit kurzen Ärmeln einen dampfenden Bottich über der Kiesleiste entleerte.

Der Wind brachte die Flaggenmasten infront der Arena zum metallischen Klicken und Klacken. Giuseppe passierte den Kartenkiosk, passierte das hochumzäunte Getränkelager des Marktes, und bog auf einen geschotterten Weg ab, welcher auf den Hauptsmoorwald abzielte.

Rechts des Weges lag eine weite, leicht geweißelte Ackerfläche. Ein qualmender Traktor trübte die Sicht auf die in der Ferne aus blauen Quadern erbaute Sozialstiftung ein; zwischen Pappelfeldern wurde Weißkohl geerntet. Tannen sprossen aus dem Hügelrücken, welcher den Horizont anhob. Links des Weges verlief ein metallbeschlagener Zaun, dessen Platten sich vom Holz lösten. Darunter hatten die hölzernen Leisten rostrote Färbung angenommen. Als der Zaun abriss, türmten sich links einige bewachsene Dreckhügel, zwischen denen die Sicht auf Kleingärten frei wurde; träge im Wind wankende Deutschlandfahnen standen daraus hervor.

Giuseppe passierte ein Gut voll Anhänger, Bauwagen, einer Kreissäge und Holzscheite, dann ein ausgedörrtes Sonnenblumenfeld, und schließlich das letzte, vereinzelte Wohnhaus.

Allein auf dem Weg zwischen Feld und Wiese steuerte er auf den Wald zu. Ob Baum, ob Busch, ob Gras – ob Wald, ob Feld, ob Heim; zu diesem Tag erschien alles eintönig und ohne farblichen Gehalt; grauer Teer, tote Rinde, kalter Matsch. Raben krächzten bisweilen und sammelten sich auf den Armen alter Strommasten. Eine Fußgängerin in dunkellila Regenjacke kam Giuseppe entgegen, doch beide orientierten sich bei stummen Einverständnis am jeweiligen Wegesrand und mieden den Anblick des anderen.

Nach fünfhundert Metern unterlief der Sendelbach Giuseppes Weg. Er stieg links ab und folgte dem Bach durch Morast. Totholz und Laub waren nass und schwarz. An manchen Stellen verlief der Bach unterirdisch. Durch schmutzige Eisschichten waren gefangene Luftblasen zu beobachten, wie sie vorwärts und rückwärts rutschten, und dort, wo der Bach eine Stufe nach unten nahm und das Wasser an die Oberfläche gelangte, plätscherte es sehr leise. Giuseppe hielt sich nahe am Bachlauf, griff bisweilen Halt suchend nach einem Ast, oder ruckte mit dem Kopf prüfend zu dem entfernten Traktor. Nach kurzem tat er einen langen Schritt und landete am anderen Ufer an.

Bald unterlief der Bach zwei durch den Wald führende Zuggleise, und ohne nass zu werden, war es nicht möglich, die Gleise mittels demselben, niedrigen Schacht zu queren. So stieg Giuseppe den Hang aufwärts, ab vom Ufer, hielt obenauf Ausschau nach einem Zug, welcher nicht kam, und hievte dann ein Bein nach dem anderen über die Schutzplanke. Auf der anderen Seite der Gleise stolperte er den Hang hinab, auf einen weiteren Schotterweg. Direkt vor ihm stand ein Haus; Waldkulisse dahinter. Innehaltend musterte er die Fassade; seine Zunge befühlte indes die Auswölbung seiner Oberlippe.

Nachdem er sich den Kopf gekratzt, er mit offen stehendem Mund samt Blase im Winkel hinauf zu den Leitungen der Gleise gesehen, und zu seiner Beruhigung offenbar nichts als Waldgeräusche und entfernten Straßenlärm vernommen hatte, fasste er Fuß.

Am Tänning ging er an jenem Haus vorüber. Links zweigte ein Feldweg ab und führte parallel zu den Gleisen zurück in die Stadt. Zwischen dem Feldweg und den Zuggleisen lagen weitere Kleingärten in Reihe, deren Grundstücke waren jedoch weitläufiger als etwa beim dicht besiedelten Kleingartenverein. Die Barracken trugen verwitterte Kostüme. Gänzlich unbesucht blieben sie jedoch nicht – im Halbjahrestakt verfielen sie, denn im Frühling kehrten die Besitzer wieder, um zu stutzen, putzen und nutzen.

Während sich die Kleingärtner dessen immer sicher und untereinander einig waren; vorsorglich Stacheldraht und dergleichen anbrachten, galt es seit einem Artikel im *Bamberger Anzeiger* vergangenen Jahres als amtlich: Mehr als drei Fünftel aller Hausfriedensbrüche und Raubzüge vollzog sich an eben jenen ungebrauchten Gütern, die am Stadtrand scheinbar herrenlos dahinvegetierten. Demnach bleibt die Vermutung, dass Giuseppe den Umweg über den Waldrand genommen hatte, um nicht gesichtet zu sein: Streunern begegnete man im Reich der Deutschlandfahnen und Vogelhäuschen mit argwöhnischem Scharfsinn, und die Solidarität unter den gärtnernden Ideologen war stark. Lebenszeichen gaben zu dieser Stunde jedoch lediglich die aufflatternden Meisen und Giuseppe trat an eine der Anlagen.

Über morsches Brett linste er auf eine Hütte, die ein marodes Dach aufwies, das mittels einer blauweißgestreiften Plane abgedichtet war. Am Giebel hing das Geweih eines Rehbocks. Vor der Tür stand ein spröder Plastikkasten und darin zwei alte Bierflaschen nebst einer kopfstehenden Weinflasche. Drei Klappstühle mit durchgewetzten Bezügen lehnten unter dem Fenster, welches einen Sprung aufwies. Mittig auf der Wiese lag ein eingedelltes, durch und durch verrostetes Fass. Der weiße Steinofengrill befand sich voll gelbgrauer Flechten, und auf dem durchgefrorenen Misthaufen lag eine hölzerne, zerfaserte Schubkarre. Giuseppes Blick ruckte von Gegenstand zu Gegenstand, bis er vom Zaun abließ, sich plötzlich umwandte, und nach einem Beobachter Ausschau hielt. Kurz sah er nochmals in die Anlage, dann ging er rechts entlang des Zaunes, bis vor die Pforte des Nachbarguts. Von den Streben der vergitterten Gartentür blätterte dunkelgrüner Lack, unzählige Nummernschilder waren mit Kabelbinder an dem Tor befestigt. Auch hier reckte Giuseppe den Kopf, um über Stacheldraht zu sehen.

Die Baracke war länglich. Am Ende des Flachdachs ragte eine schmutzige Satellitenschüssel aus der Wand, knickte jedoch ab und ließ den Eingangskopf hängen. Dahinter stach ein langer Holzpflock in den Himmel. Die Deutschlandfahne dieses Guts war hingegen an eine horizontale Leiste unterhalb der Dachrinne genagelt und wog sich leicht. Vor der Baracke standen ein Tisch und zwei Bänke aus gespaltenen Baumstämmen. Am Treibhaus lehnte ein Roller ohne Vorderrad, und direkt hinter dem Zaun, unmittelbar vor Giuseppe, war eine schwarze Plastikwanne in den Boden eingelassen; angefüllt mit einer Pfütze Schmelzwasser. Zwei von Wind und Wetter gegerbte Keramikfiguren hockten an diesem *Teich*; eine fröhliche Ente und ein fetter Igel mit Hut und Monokel.

Giuseppe ließ auch diesen Garten unberührt und ging abermals ein Stück weiter.

Der angrenzende Maschendraht war an einer Stelle bereits niedergemacht. Kurz linste er durch Tannwedel in den Garten, schickte nochmals einen Rundblick hinter sich, und setzte sodann eine langen Schritt über den zerknüllten Zaun.

Hierorts gab es zu besehen: Einen begrünten Sandkasten. Ein Beet voll Unkraut. Eine wiederum gehörnte Hütte mit schwarzem Schornsteinrohr. Sowie ein mit gewelltem Asbest überdachter Geräteschuppen, worin Fahrräder, Rasenmäher, Schläuche und Werkzeugkoffer auslagen. Neben dem Schuppen allerdings, bei einer Regentonne, standen vor der Wand zwei hohe, militärgrüne Gummistiefel.

Sich immerzu umsehend, peilte Giuseppe den Schuppen an. Vor den Stiefeln hielt er inne, bis er sich schließlich nach dem linken bückte und mit dem Kopf über die Blechwand gegenüber schrammte. Er tat einen kleinen Schritt nach hinten, griff nochmals nach dem Stiefel, welcher seiner Hand entglitt; umso heftiger langte er zu; grub seine Finger um den Stiefelrand und riss ihn an sich – eine Welle schwappe daraus hervor über seine Hand. Unter seinen Zehen versickerte das Eiswasser im toten Moos. Hockend goss Giuseppe den Stiefel aus, sodass das Wasser erneut den Weg zu seinem Fuß fand. Dicke Eisklumpen fielen zu Boden. Zweimalig schniefte er durch die Nase und beobachtete die letzten Tropfen beim Fallen.

Nach einem Sich-Umsehen wollte er den zweiten Stiefel entleeren. Dieser war jedoch gänzlich mit Eis angefüllt und ausgestopft – den Stiefel auf die Kante des Schuppenfundaments schlagend, versuchte er, das Eis klein zu bekommen, was nicht gut zu funktionieren schien. Er ging um die Tonne und beäugte im Schuppen hängenden Haupts den Werkzeugkoffer, worin einzig eine verklemmte Rohrzange zu finden war. Mit der Zange bewaffnet kehrte er zum Stiefel zurück und begann, nach jedem Hieb lauschend, jenen zu bearbeiten…

Hinter der Hütte, durch Heckenwerk und angelehnte Holzpaletten, schlängelte sich eine Katze mit schlohweißem Fell in den Garten. Ihr Schwanzende wippte verheißungsvoll hin und her; sie nahm Fährte auf, hielt das Köpfchen aufmerksam oben, und trippelte leichtfüßig vorüber an der Hütte und dem Sandkasten, auf den kauernden Giuseppe zu.

Er zuckte, als sich das Köpfchen plötzlich an seinem Oberschenkel wohltat, wich zur Seite, und stieß gegen die Tonne.

Die Kreaturen musterten einander.

Auf dem Hosenboden sitzend drückte er die Katze mit dem Außenspann des Fußes von sich, worauf sie die Pfote erhob, dann auf die Hinterläufe ging und aufschloss, um schnurrend und wohlgemut Giuseppes Schienbein zu kosen. Er seufzte verärgert, riss die Hand nach hinten und starrte das Tier drohend mit über den Kopf erhobener Zange an.

Als er sich erneut ans Werk machte, er erneut von der Katze gehindert wurde, stieß er grob mit dem Handrücken nach ihrem Gesicht, steckte die Zange in den leeren Stiefel, nahm beide Stiefel unter den Arm, und marschierte damit zu dem niedergerissenen Zaunstück. Er warf die Stiefel nach draußen, tat einen spagatartigen Schritt hinterher, bückte sich und vernahm ein: »*Mpf, mpf, mpf,* Bella! *Mpf, mpf, mpf*…«

Ein Gut weiter stand ein Herr inmitten dreier Jungkatzen vor seiner geöffneten Gartentür. Er trug eine schwarze Turnhose und einen grauen, ausgeleierten Pullover, indes seine Haltung ohne jede Körperspannung blieb. Die eine Hand steckte in der Hosentasche, die andere hielt er sich über die Augen. Er spähte in den gegenüberliegenden Tann. Die Kätzchen zu seinen Füßen blieben dicht beisammen, schnupperten und bewegten sich eigenartig müßig. Zweimalig pfiff er, machte: »*Knah, knah, knah,* Bella!« und bückte sich, um eines der Köpfchen zu streichen.

Mit durchgestreckten Beinen gedruckt, den Herrn anglotzend, regte sich Giuseppe nicht. Die weiße Katze wand sich um seine Wade, machte einen Buckel, schnurrte. Der Herr sagte: »Wo ist sie, hm. Wo ist die Bella«, sprach also mit den anderen drei Katzen, indes er sich am Hintern kratzte, dann die graugesäumte Halbglatze.

Die Augen auf den Herrn gehalten, tastete sich Giuseppe rücklings an den zu Boden getrampelten Zaun – dann, als der Herr Anstalten machte, sich umzudrehen, zog er den Blick ab und sprang ungelenk zurück in den Garten; stolperte in einige starre Gräser, ging tief in die Knie, und bewegte sich breitbeinig und eingezogenen Kopfes hinter den Schutz einer am Zaun lehnenden, verdreckten Plexiglasscheibe. Er linste um den Seitenrand.

»Bella!«

Bella haderte vor dem Knäuel aus Draht, achtete nicht auf ihren Besitzer, obschon sie durchaus gesichtet war – und sprang schließlich, in einem Satz, dem flüchtigen Giuseppe hinterher.

Der Herr setzte sich in Bewegung. Seine Augen *schlürften* über den kargen Boden. Von vorne nun war das Gewächs, welches sein Gesicht zierte, zu betrachten; ein bauschiger, nachlässig gepflegter Graubart, ein Fu Manchu, der über den Rand des Kiefers hinüberhing, und dem Mittefünfzigjährigen das gelangweilte und zugleich rechtschaffene Erscheinungsbild einer Deutschen Dogge verlieh. Beim Gehen schmatzte er, nickte, und hielt Blickkontakt zu seinen Kätzchen, die ihm schläfrig folgten.

Keine Zeit verlierend wich Giuseppe, zog sich gar die schwarze Kapuze über den Kopf, und umlief tief geduckt den Garten entlang der Hecken und Zäune. An der Rückseite des Geräteschuppens harrte er aus und lauschte. Seine Brust verlor Töne überanstrengter Bronchien. Er blickte durch blattloses Gestrüpp und Gitterstäbe über die Gleise, und konnte in der Ferne den Traktor beobachten, indes Herr Fu Manchu vor dem Garten die hingeworfenen Gummistiefel inspizierte. Von einem Reiz überkommen, hustete Giuseppe unfreiwillig. Er wollte in die Hecke ausspeien, spuckte der Zähflüssigkeit des Speichels wegen jedoch auf die eigene Schulter. Kurz hafteten seine verschlafenen, trägen Augen auf dem triefenden Fleck, dann zuckte er, denn vor dem Garten rief Fu Manchu, dessen Stimme einen forschen, zweifelnden Klang angenommen hatte: »Hallo? Ist da jemand? Bella!«

Einige Sekunden starrte Fu Manchu bewegungslos in den Garten und achtete nicht einmal auf seine Kätzchen. Dann trat er nach einem der Gummistiefel, worauf die Rohrzange hervor rutschte. Stetig in den Garten schauend tastete er nach der

Zange, las sie auf, und stieg damit ausholend über den kaputten Maschendraht.

Giuseppe musste Fu Manchu ächzen gehört haben, wie dieser zu ihm in den Garten einstieg, denn er ging im Schatten des Geräteschuppens an den Nachbarzaun, warf sich auf den Boden und robbte, bisweilen hängen bleibend und zappelnd, unter diesem hindurch.

»Heda! Komm raus, Strolch! Raus mit dir, da! Wer ist das!«, ereiferte sich Fu Manchu, welcher den blattlosen Liguster noch wackeln sah, sich selbst hingegen zu schade war, um ebenfalls den dreckigen Weg zu nehmen; Er machte kehrt und eilte zurück auf neutralen Boden, um von dort Einblick in das Gut zu erhaschen, in dem sich Giuseppe nun zurecht finden musste. Dieser huschte hinter der länglichen Baracke zum wiederum nächsten Zaun, wo es jedoch keinen Durchlass gab – vorüberpreschende Güterwagons halfen aus und deckten die Geräusche, die er von sich gab, als er diesmal *über* den Zaun stieg; unbeholfen und wacklig, bis er auf die andere Seite stürzte; in den allerersten Garten, den er sich besehen hatte.

Fu Manchu patrouillierte mit der Rohrzange vor allen dreien auf und ab, spähte über den gespindelten, gedornten Draht und wartete, bis das Rauschen des Container und Holz beladenen Zuges, welcher ihm gegenüber vorüber schoss, abklang. Er hatte wohl einen spontanen Verdacht, der sich zwar nicht bestätigte, in jedem Fall aber berechtigt war, denn mit einem Mal machte er Halt, schwang die Zange bis hinter den Rücken, hob die andere Hand als Gegengewicht, und schleuderte das Werkzeug mit aller Kraft in genau jenes Eck, wo Giuseppe eben noch zu Boden gefallen war. Das rostige Eisen sauste über Giuseppe in die Hecke und brach dort einige Äste aus dem Weg.

Der Zug riss abrupt ab, der Lärm hingegen nur sehr langsam.

Fu Manchu beäugte das *falsche* Gut – – Giuseppe war es gelungen, die Schubkarre im ersten Garten aus dem modrigen Mist zu ziehen, sie umzudrehen, seine langen Glieder einzufalten, und unter der kopfstehenden Holzwanne Schutz zu finden.

Fu Manchu ging auf die Zehenspitzen, spitzelte, duckte sich, spitzelte, tat Schritte auf und ab, sah nach den Kätzchen, konzentrierte sich erneut auf seine Wache, brüllte dann, mit fiebrigem Blick: »Ich kann warten!« Worauf er einen Prügel Holz in die Hand nahm, sich aufrichtete, und derart laut »Ich krieg dich!« hinzufügte, dass seine Stimme in fistelige Höhen drang. Er räusperte sich, holte nochmals Luft, doch schien nicht zu wissen, was noch zu sagen sei – umso schneller marschierte er an einen der Gärten und überprüfte diesen.

Aus einem Busch heraus tauchte Bella auf, ignoriert Herrn Fu Manchu, trippelte leichter Pfote entlang der Naht zwischen brachem Acker und toter Wiese, weg von den Gärten, hin auf den kleinen Tann zu. Fu Manchu ließ den Prügel sinken, mit welchem, da morsch, zu Prügeln ohnehin nicht ratsam gewesen wäre, und sah der Katze nach. »Hierher, Bella! *Mpf, mpf, mpf!* Kommst du her jetzt! Bella! Bist doch ein – !«

Fu Manchus Blick fiel auf einen Kopf, der über die Bretter des fünfzig Meter entfernten Hochsitzes lugte. Zögerlich folgte er der Katz, nochmals über die Schulter, nach dem Eindringling sehend.

»Hallo!«, rief er von weitem, den Jägersitz hinauf.

Erneut schob sich der Kopf ins Sichtfeld. Fu Manchus skeptischer Blick wich einem überraschten, der Griff um den Prügel wurde locker, und die letzten Schritte bis vor dir Leiter ging er geradezu schlendernd, indes seine grauen Augen scharf blieben und einen Zusammenhang herzustellen versuchten.

»*Was machst* du da?«, fragte er für eine Begrüßung überaus vorwurfsvoll. Nachdem er Halt gemacht und die Hüfte eingeknickt hatte, legte er sich das Holz auf die Schulter. Sein bartgerahmten Mundwinkel zuckte, was ihm den Anschein von Verschmitztheit verleihen sollte, aber, und wie der junge Mann auf dem Hochsitz durchaus wusste, lediglich eine rudimentäre Angewohnheit aus einer Jugend darstellte, die inzwischen länger

51

vorüber war, als dass sie gewährt hatte. Fu Manchu pflegte sich in Gegenwart deutlich jüngerer Gesellschaft peinlich affektiert zu benehmen – zumindest demjenigen gegenüber, der eben die Hände auf das Türchen des Jägerstands legte und hinab sah.

Bella schaute hinauf. Fu Manchu warf den Prügel nachlässig an den Waldrand, schnappte sich die Katze, drückte sie einhändig an sich, und ihr, wie sie die Glieder hilflos von sich streckte, einen Kuss auf den Kopf.

»Was jagst du da?«, fragte der Jüngere keck von oben.

»Ach«, gab Fu Manchu von sich, und küsste zwei weitere Male die weiße Katzenstirn. »Hat man von da oben was gesehen? Dachte, da schleicht einer rum. Hast nichts gesehen oder was? Da hinten, irgendwo. War sicher. Schuh lagen da, vom Böhm müssen die sein, Watstiefel…«

Der Jüngere machte einen langen, tiefen Mund und schüttelte den Kopf. »Niemanden gesehen. Was hast du in die Hecke geschmissen?«

Fu Manchu winkte ab und schlug, als habe er den Eindringling bereits vergessen, einen ausgelassen Plauderton an, wobei sich das Gespräch zu einem zunehmend einseitigen entwickelte, bei dem der Jüngere nach kurzem nur noch nickte, kurz auf eine alte Sportuhr schaute, weiter nickte, und ohne Ehrgeiz Anteilnahme vorschützte. Was Fu Manchu nicht zu bemerken schien:

»Vor zwei Wochen sind die bei mir eingestiegen. Zu dritt. Wollten mir die Schüssel runter schrauben, die ganze. Die sind gerannt, kannst du glauben. Warnschuss in die Luft.« Er setzte die Katze ab, steckte sich die Daumen in die Taschen und zuckte, nach oben blinzelnd, mit dem Mundwinkel. »Wird Zeit für neue Gesetze. Dass uns der kleine Mann nicht untergeht, was? Ha! Weiß schon, warum ich die alte Merkel nicht verkauft hab, ist nämlich einen Haufen wert, hab sie schätzen lassen. Zum einen: Erbstück.« Er senkte den Blick und sah durch eines der Fenster zwischen den Leitersprossen. Als er weitersprach, nickte er in kleinen Bewegungen vor sich hin. »Zum anderen kann man sich gegen diese Lumpen ohne nicht durchsetzen. Ein Schuss. Und sie rennen. Keine Echten! Es sind Junge, man sieht es. Wie sie sich bewegen. Auch im Dunkeln. Die meisten rumänisch, polnisch, weiß der Teufel.« Er wandte sich kurz und geschäftig nochmals zu den Gärten um. »Wollte ihn nicht springen lassen, deshalb bin ich gleich hin. Die meisten von denen steck ich noch in die Tasche, ohne Flinte! Glaubst du nicht? Ich bin *zäh*. Zehn Winter hab ich in meinem kleinen Königreich überlebt.« Vielsagend nickte er über die Schulter in die Richtung seines Kleingartens. »Essen ist da auch wichtig. Mein Junger versteht nichts davon. Wenn's nach dem geht, jeden Tag Fastfood, Indisch, *Burger*, *Döner*...« Die Betonung und das Kopfschütteln deuteten auf eine gewisse Verbitterung hin. »Naja. Was treibst du da eigentlich?« Fu Manchus Gesicht hellte sich auf. »Machst du die Sache mit den Fahrrädern noch? Ich sag dir, wenn da meine Frau Wind bekommen hätte! Aber die ist zum Teufel... Zum Glück!« Er gluckste, streckte den Arm aus und stützte sich damit an einem der Pfeiler ab.

Fünfzehn Minuten über Gott, die Welt und Ausländer später ließ Fu Manchu vom Pfeiler ab. »...was soll's. Die Pflicht ruft – also junger Mann! Ich wünsche was!« Abschied nehmend winkte er, ging die Gummistiefel auflesen, trieb dann seine Kätzchen zusammen und winkte, als er sich an seiner Gartentür zu schaffen machte, nochmals in Richtung des Hochsitzes.

Exakt eine Stunde und vier Minuten waren vergangen, bis sich die Holzschubkarre erneut bewegte; sich zunächst vorsichtig lüftete, dann zur Seite umkippte. Auf allen Vieren krabbelte Giuseppe, umsichtig und immerzu ausharrend, auf eine Weise wie ein Hund, ans Gartentor, auf und ab entlang des Zaunes, und schließlich durch eine Nische zwischen Draht und Betonpfosten. Auf dem durch Frost verhärteten Acker richtete er sich ungestüm auf und eilte bis vor an den Weg, wo er unterhalb des Hochsitzes verschnaufte, sich streckte, die Hosen hochzog.

4.

Nordöstlich, namentlich im Bezirk *Gartenstadt*, und genauer noch; in der Zollnerstraße ***, hockte Anne Krüger in ihres Gatten Mietshaus am Schreibtisch.

Es handelte sich bei diesem Haus keineswegs um das von Simon Wittge betriebene Restaurant *Zum Bratenseppel*, wo Giuseppe nicht selten einen Teller Schnitzel mit Fritten hingestellt bekam. Vielmehr war dies die private Niederlassung des Unternehmers – und sollte der Obdachlose hier auftauchen, so durfte er sich dies erst nach einer gründlichen Inspektion der umliegenden Parkplätze erlauben, denn sofern Wittges Lieferwagen vor Ort war, galt es, *nicht* aufzutauchen. Jene Inspektion vollzog sich just im Moment.

Anne Krüger befand sich im Arbeitszimmer ihres Mannes, welcher eine penible Ordnung pflegte. Der Schreibtisch stand direkt unter dem Fenster, durch welches in den betongrauen Hinterhof der Nachbarn geschaut wurde. Notizblock, Federmäppchen, zu bewältigende Unterlagen als auch Bilderrahmen auf der Arbeitsfläche waren allesamt parallel zueinander eingereiht. Der Papierkorb unter dem Tisch befand sich bis auf ein einziges, zerknittertes Blattpapier leer. Das schlichte Regal nebenan war voll einfarbiger Ordner, mit feinsäuberlicher Handschrift versehen. Entlang der einen, türen- und fensterlosen Wand, denn es war ein Durchgangszimmer, stand ein dunkelblaues Sofa, welches ausschließlich genutzt wurde, um in Eile eine Tasche oder ähnliches abzulegen. Nichtsdestotrotz war die Couch makellos sauber. Pflanzen gab es nicht, hingegen einen Duftspender, sowie ein kleines Gerät in der Steckdose, das dazu diente, Tabak- und Nikotingestank aus der Luft zu filtern.

Die vierfache Mutter saß mit entzündeter Zigarette bei einer halb geleerten Tasse Pfefferminztee, scheinbar nachdenklich durch das Fenster starrend. Vor ihr lag ein geöffneter Briefumschlag samt Kugelschreiber; auf das Umschlagpapier standen unterschiedliche Variationen von *A. Wittge, Anne W, Wittge* oder *A. W.* Sie aschte in eine alte Filmdose.

Ihr dunkles Haar hing nass und offen über die Schultern, sie trug einen Bademantel. Anne Krüger brachte derzeit etwa 86 Kilogramm auf die Waage; Sie bemühte sich, den Kopf stets leicht zu recken, was, wie gemutmaßt werden muss, mit einem wachsenden Doppelkinn zu tun hatte. Backen und Unterlippe sackten ab, wodurch die Siebenunddreißigjährige auf eine Weise *schlicht* und etwas bekümmert erschien. Tatsächlich verfügte sie über keine nennenswerten Gesichtszüge; ein rundliches Gesicht mit beißend grünen Iriden, welche zumeist von roten Äderchen gesäumt waren. Auch um die leicht nach außen gewölbte Nase herum befanden sich Äderchen; über die Nasenflügel zur Spitze hinstrebend. Der Anschein von Entspanntheit war den Accessoires geschuldet. Näher betrachtet befanden sich mittig ihrer Stirn zwei sanfte Ausbeulungen: Eine gewisse Grundverspannung, die im Gesicht getragen, vornehmlich Nachgiebigkeit gegenüber der *geplagten* Mutter bewirkte.

Sie stellte den Ellbogen auf die Tischkante und bettete das kaum vorhandene Kinn (*kaum* hatte Giuseppe davon geerbt) auf die Handfläche. Die Art, wie sie die Asche in die Dose schnippte, wirkte lustlos, resigniert. Schließlich drückte sie den Deckel auf die Dose, erhob sich, beugte sich vor und öffnete das Fenster. Sie faltete den vollgekritzelte Briefumschlag und schob ihn in die Bademanteltasche. Dann lehnte sie sich an die Schreibtischkante und rieb sich einhändig beide Augen, während die eisige Luft über den Boden kroch.

Nach keiner Minute wurde das Fenster geschlossen. Mit gänsehäutigem Dekolleté setzte sie sich erneut auf den Stuhl, überschlug die Beine, und trank die Tasse mit zwei großen Schlucken leer. Sie legte beide Unterarme entlang der Tischkante ab, wobei eine Hand die andere deckte. Dann, in einem Moment überwältigender Stagnation, fiel ihre Stirn auf den oberen Handrücken und blieb dort lose liegen. Ihr Haar nässte den Tisch leicht ein.

Wenige Sekunden später fuhr sie auf und stierte durch das Fenster. Vornüber gelehnt wandte sie sich dem Regal zu. Ihr Blick fiel direkt auf einen schwarzen Ordner in der untersten Reihe; der zweite von rechts. Auf dem Ordnerrücken stand, mit dickem Filzstift geschrieben; *G. R. Krüger*.

Anne Krüger verspürte nicht die geradezu *magische* Eingebung, dass ihr ältester Sohn soeben eintraf und Hilfe benötigte. In dieser Hinsicht wehrte sich Anne Krüger gegen jegliche mütterlichen Eigenschaften, insbesondere gegen aufopfernde Fürsorge: Ein Leben lang gerissen zwischen Kindern und fordernden Männern, nicht zu vergessen dem kontinuierlich observierenden Staate, hatte sie sich eine dicke Haut zugelegt, durch welche sie, bei Problemen der Kinder etwa, unberührt blieb – und wodurch jene mütterliche *Hellfühligkeit* durchaus abgestorben und verloren gegangen war. – Es verhielt sich vielmehr so, dass jener Ordner den einzigen Winkel im ganzen Haus abgab, welcher von Simon Wittge mit eiserner Distinktion unangerührt blieb…

Anne Krüger schob die nackten Füße tiefer in die Pantoffeln und ging auf die Beine. Vor dem Regal bückte sie sich nach dem Ordner, welcher vornehmlich Urkunden, Zeugnisse, Einweisungspapiere, Arztbriefe und weitere Stationen Giuseppes früher Kindheit umfasste. In die Hocke gegangen schlug sie den Ordner bei der Hälfte auf und blätterte weiter, bis sie auf eine Sammelhülle stieß, worin sich ein unscheinbares Kuvert befand. Schnell war das Kuvert aus der Folie gepfriemelt. Stetig hockend öffnete sie den Umschlag und erinnerte dabei durchaus an den Sohnemann, welcher derart seine Kleidung reinigte – nur dass Anne Krüger über Körpermassen verfügte, welche in dieser Position einander verdrängten, insbesondere in Hüft- und Schenkelregion.

Die Papierseiten des Kuverts auseinander geklemmt, betrachtete sie den Inhalt, schob bald den Zeigefinger hinein und wühlte prüfend, das Gesicht sehr nahe an der Öffnung; die Nase beinahe darinnen. Ohne dass auf dem Flur ein Schritt hörbar gewesen wäre, krachte die Türklinke; die Tür flog auf und Lukas Wittge lehnte sich, an Klinke und Rahmen gehalten, weit in den Raum. – – *Heftigst* fuhr Anne Krüger zusammen, riss den Kopf herum – und gleichsam das Kuvert, mit dem darin steckenden Finger, an der Seite ein; eine Brise bröseliger, weißer Kristalle streuten über ihre Pantoffeln…

Das Türkrachen war kaum verstummt – »*Raus du Gestörter!*«, brüllte die kratzige Raucherstimme ungeheuer rabiat in das junge Gesicht, sodass sich die Kinderaugen verblüfft weiteten – und sich der Knabe mit selbem Schwung, mit dem er herein geplatzt war, aus dem Zimmer zog. Die Tür fiel ins Schloss.

Fahrig wischte sie über die Pantoffeln, machte kleine Schrittchen rückwärts, verlor das Gleichgewicht; hielt sich am Tisch, ächzte, stellte die ursprüngliche Haltung her – und kehrte die weißen Bösel eilig zu einem Häufchen zusammen. Sie leerte das zerrissene Kuvert vollends aus. Dann nahm sie den zweiten, vollgekritzelten Umschlag aus der Bademanteltasche und führte ihn geöffnet an das Häufchen. Mit bebenden Fingern kehrte sie die kleinen Kristalle behutsam hinein, faltete den Umschlag mehrere Male, schob ihn in die Sammelfolie, klappte den Ordner zu und verstaute ihn in der untersten Reihe; der Zweite von rechts.

Nochmals überprüfte sie das eingerissene Kuvert und warf es in den Papierkorb. Ihr Busen hob und senkte sich schwer unter dem Bademantel, indes sie einen prüfenden Blick durch das gesamte Zimmer schickte. Schließlich bückte sie sich, nahm das Kuvert doch aus dem Papierkorb und steckte es ein. Mit leicht gerecktem Kinn schloss sie die Augen; um ihre Nase zuckte es.

»Was willst du?«, rief sie mit einem Kopfrucken und beharrlich geschlossenen Lidern zur Tür hin.

»Der Mann ist wieder da«, antwortete Lukas unmittelbar vor der Tür gestanden.

Anne Krüger entfuhr ein Seufzer. Sie fasst sich an die Stirn und atmete lang und schwer durch die Nase aus.

»Gut«, stieß sie tonlose in das Arbeitszimmer. Kurz malmten ihre Backenzähne, dann wirbelte sie herum und ging in einer fließenden Bewegung zur Tür.

Mit geballten Fäusten über dem Steißbein lehnte Lukas neben der Tür; löste sich immerzu von der Wand und ließ sich wieder dagegen sacken.

»Vorne oder hinten?«, fragte Anne Krüger, nachdem sie auf den Flur getreten war.

»Bei der Terrasse«, gab Lukas mit fragendem Mienenspiel Antwort.

Die Mutter beachtete ihn nicht weiter, hastete um ein Eck und polterte mit schnellen Schritten die Holztreppe hinab. Ihre Finger glitten über den Handlauf des Geländers und vor der letzten Stufe grub sich ein Splitter zwischen Daumen und Zeigefinger. Sie sog Luft durch die Zähne, blieb vor der Treppe stehen und pickte den Holzsplitter mit den Fingernägeln aus dem Fleisch. Ohne weiteres wischte sie die Hand am Mantel ab, schritt durch den Flur, spähte angriffslustig durch das Küchenfenster – und hielt abrupt inne, als sie Giuseppe draußen, neben dem Gartentisch stehend, gewahrte.

Er sah zur Nachbarshecke hin. Die Hüfte nach vorn gedrückt, die Arme *baumelnd*; in der einen Hand hielt er seinen Mittelfinger bei der Kuppe gegriffen. Seine Kinnlade hing lose; sein Atem kondensierte. Er trug eine ungewöhnlich neu wirkende, schwarze Winterjacke; indes nur einen Schuh. Jacke und Hose waren wie immer dreckverschmiert, gewiss stank er. Jäh drehte er den Kopf um die Achse entlang des Hinterhauptes – und erfasste seine Mutter sofort hindurch das Fenster. Einfallslos zog sich sein Kinn kraus.

Anne Krüger fasste Fuß. Als sie sich an der gläsernen Terrassentür zu schaffen machte, trat Giuseppe näher. Er wurde nicht hinein gelassen. Stattdessen schlang die Mutter den Bademantel enger um die Brust und versperrte, auf der inneren Schwelle stehend, den Weg. Überaus kalt bissen die grünen

Iriden nach Giuseppe; und warteten offenbar auf eine Erklärung...

Ein Wind pustete in das blattlose Heckengerüst des Nachbarn und Giuseppe zog den Kopf zwischen die Schultern. Von seinen unbelebten Mundwinkeln und dem *ruhigen* Blick zu schließen, befand er sich überhaupt nicht in der Lage, irgendeinen Satz zu sprechen – was an latenten, durch und durch tiefsitzenden Schuldgefühlen gelegen sein musste: Über die Jahre hatte sich ein *bescheidenes*, stummes Verhalten gegenüber der Mutter eingestellt, eine blinde Ohnmacht angesichts selbstverschuldeter Fehltritte; eine hundeartige Ergebenheit im Glauben an die eigene Unverbesserlichkeit. Anne Krüger war die einzige Person, die Giuseppe aufgegeben hatte, und dennoch für Wohltätigkeiten zu haben war.

»Du warst es, nicht wahr«, sagte sie schroff.

Ohne eine Regung im Gesicht wartete Giuseppe. Erst als er den grünen Iriden nicht länger standhalten konnte und sein Blick in das Wohnzimmer hinter der Mutter glitt, fuhr sie bestimmend fort: »Das ist das Letzte.« Bekräftigend schüttelte sie den Kopf, zog ihn dann nach hinten; ihr Mund öffnete sich leicht. Mit Abscheu hielt sie die Augen unentwegt auf Giuseppe. Dieser wich aus. »*Warst du es?*«, wurde sie laut – und provozierte ein leise gurgelndes, sich schwach widersetzendes: »Was denn?«

»Du weißt genau wovon ich rede! Von dem beschissenen Kaninchen, das du gestohlen hast, wer sonst?!«

Kopfschütteln.

»Lüg nicht! Am Freitag hatten wir es im Seppel davon, *du* saßt daneben! Schau mich an! *Deine Schwester* hat ja nur noch von diesem Hasen gequatscht und dann, kaum einen Tag später – ich war da gestern Abend – bricht irgendein Vollidiot in den Kindergarten ein, schneidet den Stall auf – so dumm auch, was? *So* dumm: Findet den Schieber nicht mal, sondern *schneidet* das Gitter auf – – so, und jetzt sag was dazu, bitte. Bitte!«

Ihr schien die Kälte nichts auszumachen, obschon ihr Haar langsam fest werden musste. Giuseppe starrte einige Momente in ihre Augen, als müsse er nur abwarten, als besinne sie sich sogleich, als käme sogleich eine Woge Mitleid über sie, wenn er nur abwartete… Ihr Mund engte sich, unbeschreibliche Härte stand ihr zu Gesichte. Ein Windstrom prallte gegen die Fassade und hob zwei ihrer Haarsträhnen.

»Den Hasen haben die in zwei Tagen vergessen, da scheiß ich drauf. Aber: *Du* verschlingst deine Klöße – *lauschst*, und während Laura allen wegen diesem beschissenen Hasen auf den Sack geht, überlegst *du* dir, dass man den ja fressen kann. So ist es gewesen. So bist du. Wir sind dir *sowas von scheißegal!* Solang du deinen Napf bekommst, können wir dich alle kreuzweise – mir zuliebe; daran schon gedacht? *Mir zuliebe* könntest du Rücksicht nehmen. Wegen *mir* wirst du durchgefüttert, das *weißt du genau!*«

Das letzte Wort führte den Schauplatz erfüllende Endgültigkeit mit sich. Der kahle Apfelbaum neben dem winzigen Gartenhäuschen beugte sich den luftigen Umschwüngen nicht, die angrenzenden Häuser standen still, nicht ein Licht, das hinter Vorhängen oder dem kleinen Toilettenfenster aus Schutzglas hervorgegangen wäre; eine durchaus unausweichliche, entscheidende Begegnung auf den nass dunkelbraunen Terrassendielen, voll Ernst, der die Minuten dehnte, und dem Giuseppe nicht gewachsen war…

»Was dacht' ich mir«, sagte Anne Krüger, zog die eine Hand aus der angelegten Armbeuge und warf sie lustlos dem Himmel zu. »Dass du irgendwas sagst? Dass du dich entschuldigst? Irgendein *verkacktes* Wort? Nein. Das ist das Schlimmste; du stehst da, lässt alles über dich kommen, sitzt es aus und kriegst das Maul nicht auf. Weißt du was du bist? Ein Zombie, ein Toter!«

Sich selbst bestätigend, nickte sie eindringlich. Giuseppe hielt die Lider gesenkt. Sie schob die Hand zurück in die Armbeuge, knickte mit der Hüfte ein, lehnte damit an den Rahmen und täuschte abgeklärte Gelassenheit vor, welche durch die eigentliche Wut und Verachtung unbeirrbar in ihrer

Glaubwürdigkeit fehlschlug. Außerdem verspürte sie wohl doch einen gewissen *innersten* Schmerz, welcher ausschließlich an den glasig werdenden Augen festzumachen war.

»Das war das letzte Mal. Das *wirklich* letzte Mal. Du kommst nicht mehr her«, doch sie brach ab und wandte sich um, denn im Wohnzimmer war Lukas Wittge mit leicht schräg gelegtem Kopf erschienen.

»*Geh!*«, blaffte die Mutter in selbem Tonfall wie zuvor. Der Siebenjährige gehorchte, und erst als seine stufenüberspringenden Schritte verklungen waren, widmete sich Anne Krüger mit vielfachem Blinzeln erneut Giuseppe, welcher ebenfalls zur Küchentür hingesehen und dem Poltern gelauscht hatte.

»Du kommst nicht mehr her«, fuhr sie in geschäftigem Ton fort. Ihre Augen hatten den feuchten Glanz bereits verloren. »Du bekommst kein Geld mehr, brauchst auch nicht im Seppel auftauchen. Nichts. Sammel' dir was zusammen und fahr nach Nürnberg. Da hast du die Wärmestube. Mach Zeitungen, Flaschen, Hauptsache *irgendwas*. Verstanden?«

Giuseppe hob den Kopf, zuckte mit den Augen jedoch sofort weg von der Mutter und fixierte einen mit klumpiger Erde gefüllten Tonkübel neben dem Schuhabstreifer.

»Da ist jetzt Bettelverbot«, sagte er mit hohler, belegter Stimme, die geräuspert werden wollte.

»Ist mir scheißegal!«, brauste Anne Krüger auf und stieß sich vom Rahmen ab. »Ist mir wirklich *scheißegal!* Was kümmert es mich?! Hab ich vor, deinen Mist zu ertragen bis ich verrecke? Nein! Nein, hab' ich nicht! Ich hab alles versucht, alles! Aber du spielst nicht mit, eigentlich bin ich ein Feind für dich! Ich hab es endgültig satt, kapiert?! *Ob du das kapiert hast?!*«

Giuseppe atmete tief durch die Nase. Dann nickte er zweimal mit Blick zu Boden. Sein Fuß war weiß wie der Himmel.

»Hast du Schuhe?«

»Ob ich – « Entgeistert rückte Anne Krügers Kinn noch weiter vor als gewöhnlich. »Ob ich Schuhe habe?! Ja! Ich hab'

Schuhe! Die bekommst du aber nicht! Und jetzt gehst du! Hau ab! Bleib weg!«

Stetig zu Boden schauend, machte Giuseppe kehrt, stieg die erste Stufe zum Garten hinab, und hielt dann inne. Leise sagte er über die Schulter: »In Nürnberg ist nicht gut.«

»Aha!«, rief Anne Krüger ungeduldig, ohne dass dieses *Aha!* minder nach *Hau ab!* klang.

»Ja!«, bekräftigte Giuseppe und drehte die vorspringende Oberlippe ein Stück weiter über die Schulter. »Wegen den scheiß Kanaken.«

»Kanaken, ja?«, redete sie schnell und laut. »Kanaken? Das sind Flüchtlinge, Herr Gott, denen geht es hundertmal schlimmer als dir, die kommen mit Booten und haben nichts, die werden terrorisiert und dir, dir – – Ich *ertrage* das nicht!«

Es muss wohl erwähnt werden, dass Anne Krüger in politischer Hinsicht keinerlei Bildung genossen hatte, geschweige denn eine *Meinung* zu den derzeit herrschenden Debatten parat. Es gibt Gespräche, in denen eine Menge Unfug ohne Hand und Fuß ausgetauscht wird und wobei es einzig auf die Willensstärke der Kontrahenten anzukommen scheint; wer den anderen zuerst vernichtet. Giuseppe hatte sich umgewandt, er schien provoziert und sein Mundwerk tat sich ungewohnt rege auf und zu. Tonlos haspelte er: »Ja! Ich auch nicht! Deswegen prügeln die rum und schmieren überall ihre Scheiße hin, weil die so arm dran sind! Wegen den scheiß Amis, weil die hier Unruhe machen und Europa infiltrieren! Von denen werden die terrorisiert! Die fressen uns alles weg und machen alles – nach Nürnberg geh ich nicht.«

»Hör sich das einer an; *infiltrieren!* Du bist doch nicht *ganz dicht! Du! Du* bist der einzige mit Schuld, wenn es um dein beschissenes Leben geht! Du! Kein Ami und kein Flüchtling, aus Timbuktu oder sonst woher – egal!«

»Und die Rumänen!«, rief Giuseppe aufgebracht schal. »Stunk machen die! Seit betteln nicht mehr geht; Mit dem Messer kamen die und haben mir alles abge- abgeknöpft!«

»Tja!«, warf Anne Krüger die Arme hoch. Sie war einen Schritt über die Schwelle nach draußen gestiegen. »Aber bloß nicht aufs Amt gehen, bloß nicht versuchen, was zu bewirken und jemandem gegenüber treten – jaja, armes Kind! Armes, armes Kind! *Für uns* bist *du* das Problem! Jeden Tag kämpfe ich mit Simon, wenn du vorm Seppel stehst, jeden Tag! Er will dich da nicht haben und weißt du was? Ich verstehe das zu gut! Es ist peinlich! *Verflucht peinlich!* Die Leute fragen nach dir, aber er sagt nichts; Nichts!; versucht den Samariter abzugeben – eigentlich schämt er sich in Grund und Boden, *in Grund in Boden!*«

Giuseppe zuckte mit dem Kopf zur Seite. Rückwärts tat er einen Schritt die Stufe hinab und war im Begriff, zu verschwinden. Über seine Lippen summte ein aufbegehrendes und doch gehemmtes *Mmh*, gefolgt von einem letzten, leisen: »Fotze.«

»*Was?!*«, bellte Anne Krüger, einen weiteren Schritt vortretend. »*Was?!*«, kratzte es zum Zweiten lauthals über den Garten hinweg und über die umliegenden Grundstücke.

In der anschließende Stille hallte die Aggression fort. Wie zur Antwort kläffte ein gewiss großer Hund irgendwo mehrmals aufgebracht, bis auch er abwartend verstummte.

»*Du undankbare Mistkrücke! Du Scheusal, du* – « Sich in ihrem Zorn umsehend, fiel ihr Blick auf das einzig Greifbare; sie bückte sich und packte eine Handvoll trockene Erde aus dem Kübel zu ihrer Linken. Die eine Brust, von weitläufigem Umfang, sprang indem aus ihrem Bademantel und zitterte – »*Hau ab! Hau endlich ab!*«, brüllte sie durch die gesamte Stadt – und schmiss eine Hand nach der anderen nach Giuseppe, sich immerzu bückend, aufrichtend, wieder bückend, und die Brust tanzte und der Hund kläffte…

Wie ihm der Dreck auf Brust, Hals und Wangen prasselten, verzog Giuseppe kaum eine Miene. Mit streng erhobenem, langgliedrigen Mittelfinger zog er durch die tote Wiese ab, um das Haus herum; auf die Straße.

Von Lukas und Anton Wittge galt im Grunde nur der eine als *helle*, namentlich Anton. Der andere zeichnete sich durch seine neckische Art aus und war darum der beliebtere; er trug ein loses Maul vor sich her, fürchtete niemanden außer seine Mutter, war umgänglich und stand zu seinen Dummheiten. Simon Wittge hatte unlängst kundgetan: »Der Lukas wird den Bratenseppel eines Tages übernehmen, *der* ist aus dem rechten Holz dafür. Was mit dem Anton passiere, muss er selbst entscheiden.«

In Aufruhr hockten die zweifachen Drillinge vor der Haustür, zwängten ihre Füße in gefütterte Winterstiefel, schlüpften in Handschuhe und zogen sich Pudelmützen über die Köpfe. Sie glichen einander nicht besonders. Anton hatte bereits eher geistige, zarte Gesichtszüge, Lukas hinwieder volle Backen und zutrauliche Wimpern. Ihre Staturen jedoch hatten sich bisher nicht wesentlich auseinander entwickelt, und in vollen Monturen ähnelten sie einander wie ein Heinzelmann dem anderen.

»Hast du den Schlüssel?«, fragte Anton in Eile, sich nochmals umwendend. Lukas überprüfte seinen Hosensack, es klimperte.

Ihre leichten Schritte stoben über das Kiespflaster, bis vor an die Straße. Auf dem Gehsteig stehen geblieben, hielten sie Ausschau. Gleichsam erkannten sie *den Mann*, etwa dreihundert Meter weiter, Richtung Innenstadt staksen; die dürren Beine in der bleichen Jeans waren nur mühsam unter der schwarzen, wulstigen Jacke auszumachen… Die Knaben eilten flotten Schritts hinterher, entlang der alten Ziegelsteinkaserne.

»Der hat den Hasen echt gegessen?«, fragte Anton.

»Ja, Anne hat es gesagt. Hat voll rumgebrüllt.«

»Hab ich gehört«, pflichtete Anton mit tadelndem Seitenblick bei.

»*Undankbare Mistkrücke!*«, erinnerte sich Lukas mit einem Glucksen. »Was soll das sein, eine Mistkrücke? Eine Mistgabel oder was?«

»Nein, eine Krücke ist zum Gehen da, wenn man sich den Fuß bricht. So wie bei Sara.«

»Ein Gehstock! Mist-Gehstock!« Lukas kicherte und amüsierte sich bei schnellem Schritt und ausladende Gebärden weiter: »Mistgehstock! Durch den ganzen Hasenmist geht er!«

Anton lachte hell auf. Dann aber stellte er fest, dass sie dem Mann nicht näher kamen und mahnte, sich zu sputen.

So spurteten die Brüder hinan, an Vorgärten und Zäunen und Briefkästen vorbei, bis Lukas eine sogenannte »Schlitterbahn« in Gebrauch nehmen musste. Anton sah ungeduldig zu, wie der Bruder Anlauf nahm und über die Eisschicht rutschte, dann aber, als dieser ins Stolpern geriet, rief er: »Komm, weiter!« und sie rannten, bis ihnen die Nasen kalt und fremd wurden, die Backen indes rot glommen.

Als die Entfernung zu dem Verfolgten auf vierzig Schritt geschrumpft war, und die Bahngleise bereits sichtbar wurden, fegten die Knaben mit ihren Handschuhen über die breiteren, steinernen Zaunpfeiler und kratzten und schlugen harten, durchgefrorenen Schnee zusammen.

Der erste Brocken stammte aus Antons Hand und zerschellte kurz hinter der Ferse des Mannes, sodass die Bruchstücke um dessen nackten Fuß stieben. Zunächst ohne anzuhalten, wandte er den Kopf; duckte ihn sofort weg und wich dem zweiten Geschoss knapp aus. Bleichgesichtig und ausdrucksleer musterte er die Knaben, die näher rückten und abwechselnd sich nach hinten lehnend ausholten.

»Verpisst euch!«, rede der Mann mehr laut, als dass er schrie.

»Verpiss du dich!«, schrie Lukas Wittge und feuerte einen Eisklotz nach der Schulter des Mannes. Anton hämmerte mit dem Fuß weitere Eisschollen aus der Rinne am Straßenrand.

»Lasst mich in Ruhe!«, befahl der Mann eintönig, ohne den Knaben im geringsten zu imponieren. Er machte enge Schultern, barg die Finger unter dem Ärmelsaum und riss bisweilen den Unterarm zum Schutz vor das Gesicht.

»Lass du uns in Ruhe!«, dröhnte Anton, »Hasenfresser!«

»Hasenfresse!«, korrigierte Lukas, welcher mehrere Eiskanten auf der Hand balancierte und eine nach der anderen wie Sägeblätter durch die Luft rotieren ließ. »Verzieh dich, Hasenfresse!«

Der Mann tat einen empörten Stampfer in die Richtung der Jungen, wusste sich jedoch ganz offenbar nicht zu helfen; trug Falten auf der Stirn und suchte nach Worten; Plötzlich jedoch schloss er auf, setzte ungeheuer lange Schritte, duldete das anfliegende Eis, und zuckte nur kurz, als sich, getroffen, seitlich der Stirn ein Schnitt auftat – –

Anton wurde der Gefahr schneller gewahr, zog seinen um Eis bemühten Bruder an der Jacke und wich. Lukas Wittge indes hätte, als er sich aufrichtete, die fadenähnlichen Flaumhärchen zählen können – der Mann sprang vor; packte ihn beim Kragen, riss ihn zu sich herum, und hatte den Arm bereits windmühlenartig vorgespannt; Bei maximalem Drehmoment donnerte der Handballen auf die Knabenkinnlade. Es hallte nicht von den Häusern wider, still lag die Straße. Erst nach Sekunden regte sich der junge Wittge, scheinbar orientierungslos.

»Und jetzt verpiss dich! Du Spasti!«, stammelte Giuseppe auf den Kreuchenden nieder. »Hau ab! Geh dich einfach umbringen!«

Kurz hielt der Mann die Augen auf den entsetzten Anton Wittge. Dann schweifte er die Straße auf und ab, erkannte einen um die Kreuzung kommenden Passanten – und fasste erneut schnellen Fuß Richtung Innenstadt.

5.

Bis circa sechzehn Uhr kam es zu keiner bedeutenden Begegnung.

Giuseppe war die Zollnerstraße Stadt einwärts gelaufen, hatte die Bahngleise unterquert und zwei Stunden an den Gleise verbracht, denn dort waren einige nicht zu Ende gerauchten Zigaretten auffindbar, während sich jene am Randstein in Nässe auflösten: Auf Vorrat sammelnd hatte er auf dem nackten Fuß sitzend darauf gelauert, dass die Züge pünktlicher als erwartet eintrafen. Außerdem gelang es, Reste eines Kebaps aus einem Mülleimer zu retten und eine betagte Dame drückte ihm eine Zweieuromünze in die Hand. Ein vollbärtiger Mann, groß und kräftig, in schwarzen Hosen und ebensolcher Jacke, diverse Aufnäher auf Brust und Rücken, hatte ihn schließlich mit den klaren Worten: »So, Freundchen. Du machst dich jetzt ganz schnell dünne, klar?« verscheucht und einer Blondine mit falschen Wimpern und Fingernägeln samt ihren zwei Kindern, von denen eines im Kinderwagen schlief, verbindlich zugenickt. Sie hatte die Tat mit einem gezwungene Lächeln honoriert, sich infolgedessen jedoch entfernt, denn der in schwarz Gekleidete tätigte weitere Avancen. »Gesocks. Gehört verboten, das. Haben Sie niemanden, der auf Sie aufpasst?« Steinernen Gesichts hatte sie den Wagen langsam entlang der weißen Sicherheitslinie geschoben.

Vorbei an geschlossenen Geschäften stakste Giuseppe durch die Luitpoldstraße. Als er ein Feuerzeug erfragte, das Seine wollte nicht funktionieren, würdigte ihm der Raucher vor dem Odeon-Kino keines Blickes und hielt ihm die Schachtel Streichhölzer wie zufällig hin; war geschenkt. Das letzte Drittel einer Zigarette *genießend* erreichte Giuseppe demnach die Luitpoldbrücke, wo er auf halbem Weg inne hielt, sich über das Geländer lehnte und auf den braunen Strom unterhalb blickte.

An den kahlen Ufern des Main-Donau-Kanals sammelte sich dicker, gelber Schaum. Der Wind verwehte den fallen gelassenen Stummel unter die Brücke. Giuseppe schickte eine lange Säule Spucke hinterher, die hörbar aufschlug und sachtes Schwappen verursachte. Aufsehend und ausharrend erwartete er ein Frachtschiff, das sich langsam näherte. Ein alter Golf parkte auf dem Bug, Planen verdeckten die Ladefläche, und indem Giuseppe senkrecht nach unten blickte, und jenes lange Objekt vorüberzog, schien er selbstvergessen und kurzzeitig, als verlade er seine Probleme auf Deck, in Frieden. Das Heck riss ab und verschwand, die sich überlagernden, trichterförmigen Wogen legten sich langsam. Giuseppe sah über den Kanal, blinzelte verschlafen, und ließ den Kopf abermals hängen. Das Weiß des Tages hatte sich in ein Grau gewandelt, das sich streckenweise zu schmutzigen Flecken am Himmel verdichtete. Über der Stadt wurde es düster. Zaghaft sprangen die Straßenlaternen an. Er löste sich vom Geländer und ging.

Ob instinktiv oder mit Kalkül – Giuseppe mied weite Plätze. Er umging den Busbahnhof, querte hastig, als habe er sich aufdrängende Termine, den Grünen Markt, nutzte enge Korridore und hielt den Kopf stets gen Boden, sobald ein Blick den Seinen treffen konnte. Dennoch trafen sie; den Schuhlosen, das deformierte Bleichgesicht, den wetterzerzauster Halm, der durch die Gassen wankte. Die vereinzelten Passanten und rauchenden Gäste vor den Etablissements wurden geradezu aufmerksam; schaute nicht nur *einmal* – sondern sahen Giuseppe lange nach. Spürbare Nervosität war mit dem jungen Mann; etwas geradezu Getriebenes war im Übermaß von ihm ausgesandt, das nicht *allein* dem dürftigen Äußeren geschuldet sein konnte. Was ließ die Menschen derart wachsam nach Giuseppe sehen? War es Mitleid? Angst, Neugier? Doch der nackte Fuß? – Mit Sicherheit bestand die außerordentliche Wirkung des gewollt Unscheinbaren mitunter am Kontrast zu seiner Umgebung: Braves Bamberg, bayrisches Kleinod, gut gekleidete Studenten und Rentner. Giuseppe passte nicht in das Bild der hübschen, sauberen Straßen, der Anständigen und Wohlhabenden, der Genießenden und *Schnackenden.*

Nichtsdestotrotz: Er war sichtlich bemüht, einem Geist ähnlich durch die Stadt zu diffundieren. Und eben darum war es womöglich, als höre jeder das vor Angst und Scheu pochende Herz, als erkenne jeder den kranken Geist allein an seiner Gangart; als schreie der ungelenk Eilende freiheraus: *So beachtet mich nicht! Lasst mich zufrieden! Seht weg!* Was die Paranoia ausgelöst hatte, welche Gedanken nach Giuseppe hetzten, ob es sich um eine rezidivierende Psychose handelte – es bleibt offenstehend. Zu sehen war, wie der Verfolgungswahn Verfolger schuf; wie der Verfolgte Recht bekam.

An der Bushaltestelle des Markusplatz' stellte sich eine ältere Dame in Giuseppes Weg. Sie trug einen dunkelgelben Regenmantel und musste, wie sie Giuseppe sachte am Arm berührte, durch die schütteren, schwarzgefärbten Strähnen ihres Ponys zu ihm aufsehen. Ein gräuliches Gesicht mir dunklen Augen. »Ist alles in Ordnung mit Ihnen?«

Giuseppe erschrak so sehr über die plötzliche körperliche als auch seelische Zuwendung, dass er abrupt stehen blieb, einen weiten Schritt zur Seite tat, schniefend Luft durch die Nase sog und die Dame für Millisekunden mit vor Ekel leicht gekrümmten Mund musterte. Sofort wandte er sich ab, lief beinahe in ein abbiegendes Auto, kreuzte die Markusstraße, und wandte sich nochmals ruppig, eine Spur Zweifel im Gesicht, nach der Dame um. Während er sich schleunig entfernte, rief sie: »Brauchen Sie Hilfe? …Geld?«

Durch den eingehüllten Himmel hatte sich die Dämmerung verkürzt; der späte Nachmittag war bereits kaum noch von der Mitternacht zu unterscheiden. Giuseppe kreuzte den Weg eines Paares; sie trug eine enge Lederjacke, hielt die Arme verschränkt und den Kopf eingezogen; Er redete hingegeben, verstummte schnell und beäugte den hageren Mann abschätzig. Giuseppe sah stur in die Hecke und marschierte mit ruppigen Bewegungen. Vor dem ERBA-Park passierte er die Friedensbrücke, hielt sich am Gewässer und ging Richtung Gaustadt im Nordwesten. Es war kälter als am Vortag.

Bisweilen klatschte sein Fuß, wenn der bei schnellem Schritt auf feuchten Teer traf. Seine Nase lief, er schniefte oft. Als er an einigen großen, gleichförmigen Mehrfamilienhäusern vorbeikam, hielt er lange inne. Schließlich betrat er die Gartenwege und machte sich an schwarzen und blauen Müllcontainern zu schaffen. Probehalber entnahm er kleinere Verpackungskartons, ließ sie jedoch wieder fallen. Erst als er den letzten Containerdeckel schloss und sich aus Dummheit den Daumen quetschte, hielt er nach Fenstern und Beobachtern Ausschau. Rasch schlürfte er weiter, linste bei einem kleinen Spielplatz in den Mülleimer, griff hinein und pickte schließlich nach den längeren Stummeln im Aschengitter oberhalb der Öffnung. Die nikotingelben Watteköpfe in die Hand gesammelt, schob er jene behutsam in die Jackentasche.

Zurück auf dem unbeleuchteten Radweg waren seine Bewegungen gemäßigter. Mit der Entfernung zum Stadtinneren schienen sich die Angstzustände zu bessern; er machte einen beruhigten Eindruck. Schließlich trennte er sich vom Fluss, sah sich lediglich zwei Mal um, passierte die Hauptstraße, dann den Parkplatz eines Discounters, und stapfte sodann der Dunkelheit entgegen, einen sachten, bewaldeten Hang hinauf.

Der kleine, von Wohnvierteln eingegrenzte Hain war eine Anlaufstelle für Mittellose – ein Geheimtipp in jenen Kreisen. War der Anstieg überwunden, senkte sich das schmale Waldstück und unten angelangt, lagen eimerbreite, rostverkrustete Leitungsrohre brach, welche nicht selten, wenn es kalt war, vor Hitze dampften. Mehre Unterschlüpfe waren dort notdürftig errichtet; zusammengezimmerte, mit löchrigen Planen verkleidete Holzlatten, eine mit durchnässten Isomatten und Teppichen ausgelegte Mulde, ein Gartenstuhl mit nur drei Füßen. Als Giuseppe obenauf, nebst einem Baum, hinunterblicke auf die Rohre, waren drei kleine Kerzenflammen zu erkennen, sowie die Silhouetten zweier Menschen; eine Frau und ein Mann. Ein Schlottern durchfuhr ihn, indes er unbewegt stand und guckte. Ein hölzernes Knacken machte ihn sich umwenden und für eine ganze Weile stierte er hinter sich ins Düster.

»Meinst du wirklich«, sagte sie, deren bauschiges Haar links und rechts unter einer dünnen Regenjackenkapuze hervor über ihre Brust fiel. »Ist das bei dir so? Ich habe mal einen getroffen, der war Landwirt. Der hat das auch gesagt. Dass er weiß, wie lange es regnet, schon eine Woche im Voraus. Hat aber nicht gestimmt.«

An eines der Rohre gelehnt lachte sie ein sich aufdrängendes, ansteigendes *Hehehe*, und kramte dann in einem Rucksack zwischen ihren angewinkelten Beinen. »Ich liebe es, Bahn zu fahren. Da lernt man Leute kennen. Einmal hab ich einen Masseur getroffen, einen professionellen, *mhm*; du kennst das ja, wie man manchmal zugerichtet ist, wenn man nur so unterwegs ist. Der hat mich einfach über den Tisch gelegt, mitten im Abteil, was. Du, das war gut. Die ganzen Verspannungen: weg. Hätte ich dich nicht getroffen, wäre ich jetzt auch nicht hier. Vielleicht hätte ich dann meinen Notgroschen in die Hand genommen und läg' jetzt im frisch bezogenen Hotelbett. Aber besser so, dann bleibt mir was, auf das ich mich freuen kann. So. Magst du Tee?«

Sie erwartete keine Antwort, öffnete die hervorgezogene Thermoskanne und hielt die Nase über den aufsteigenden Dampf. »Fenchel. Ich mag Fenchel nicht besonders, du?«

Der ebenfalls vermummte Mann nahm die Kanne zögerlich und erst nach besonderem Drängen ihrerseits entgegen. Er nippte zwei Mal, raunte ein leises, trotz seiner beinahe doppelten Körpergröße schüchternes: »Danke« und reichte den Tee zurück.

»Ja, ist noch zu heiß«, sagte sie und fuhr geflissentlich fort. »Aber kalt wird's von allein. Genau, dann war ich in Frankfurt, Würzburg, Bamberg. Fast zwei Monate jetzt insgesamt. Ich frag mich wie der Andi klarkommt; aber ganz ehrlich; wenn's dem scheiße geht, ist mir das auch scheißegal. Geschieht dem ganz recht, ehrlich. Seit Jahren red' ich davon, endlich mal abzuhauen, raus zu kommen, sag ihm, dass er mal schauen soll, dass er sich was zur Seite legt: aber ne. Der hat gedacht, ich plapper' nur. Hab gesagt; guck dich nach 'nem besseren Job um, wenn du zusätzlich irgendwo privat als Pflege mitmachst – ich mein ja nicht jeden Tag, reicht ja einmal die Woche. Das gibt gutes Geld. Ich kenn da einige. Aber: Der ist viel zu träge. 'ne faule Sau. Und wie ich dann ernstgemacht hab, hat er nur gesagt, ich sei verrückt geworden und dass ich spinne, und er auf mich wartet; dass ich in zwei Tagen wieder vor der Tür stehe. Das gab Krach. Hab mich seither nicht gemeldet. Und er auch nicht. Aber er kann's auch nicht; schau mal...«

Sie zog ein Mobiltelefon aus der Innentasche der Regenjacke, tippte einige Male auf das Display und hielt es dem Mann unter zum Lachen bereiter Anspannung vor die Nase. Er sah in das blau leuchtende Rechteck. Schließlich brachte er ein leises »Ah!« zustande und nickte, ein ehrliches Lächeln versuchend.

»Gut, was?« Feixend warf sie nochmals einen Blick auf das Gezeigte, packte das Mobiltelefon weg, um dann die Hände an der Kanne zu wärmen.

Ganz offenbar war der bärengroße Mann ohnmächtig angesichts der selbstunterhaltenden Redseligkeit jener Dame. Allein aus der Beobachtung ging hervor, dass sein Gemüt von schlichter Ruhe war, von einem zielgerichteten, einfachen Denken bestimmt, das ganz ohne Fantasie allein um das Essentielle bemüht war. Es lag ihm nicht, zu plaudern. Trotzdem, so überfordert er auch wirken mochte; die Offenheit, mit der er konfrontiert war, schien ihn nicht nur zu verwirren – er fand Gefallen daran. Das wurde an seiner unbeholfenen Freundlichkeit kenntlich, mit welcher er der Dame gebührend zu begegnen suchte. Verlegen und leise, beinahe stammelnd, als könne er der Gesprächsführerin gegenüber zu langsam sein, antwortete er brüchig: »Und die Tochter? Kann die anru- «

»Na klar!«, fiel sie ihm aufbegehrend ins Wort. »Klar. Alle zwei Tage. Punkt achtzehn Uhr ruf ich bei der Oma an und erzähl der Kleinen von Mamas Abenteuern. So, jetzt muss ich auch nochmal probieren…«

»Gut…«, raunte er ohne dabei aus vollem Hals zu sprechen. Er richtete sich etwas auf und fasste rücklings mit den Händen an das Rohr.

»Was ist eigentlich mit dir? Hast du Familie? Hätte echt nicht gedacht, dass du obdachlos bist; ein halbes Jahr jetzt, hast du gesagt, nicht? 'tschuldige; ich weiß, ich kann reden wie ein Wasserfall. Erzähl du mal!« und sie hieb ihm auf den Oberschenkel und drückte kurz und kräftig mit den Fingern zu.

»Ah«, stieß er lang und überlegend aus, rieb die Hände unangenehm berührt vor der Brust und machte im Sitzen ein Hohlkreuz. »Ja, ein halbes Jahr.« Eine längere Pause überlegte er ausharrend, bis sie sagte: »Du musst nicht«, er darauf aber schon zu erklären begann…

»Ja«, sagte er langgezogen, als frage er sich, wo anfangen. »War in der Fertigung – «

»Was habt ihr gemacht?«, fragte sie kurz aufsehend.

»Karosserie.« Eindringlich nickend ließ er die Hände endlich sinken. »Aber Zeitarbeit ist billiger, nicht. Und sowieso – «

»Was lernt man da? Was hast du gelernt?«, sagte sie, und verschloss die Kanne mit derartiger Konzentration und Sorgfalt, dass auch er Anteil daran nahm und dem Anschein nach vergessen hatte, das Wort zu haben. Sie schob sich die Kanne durch den Kragen, unter die Regenjacke, vor den Bauch. »Gar nicht mal so warm.« Sich besinnend schüttelte sie den Kopf. »Also, was hast du gelernt?« Kurzangebunden sah sie auf. Im Kerzenschein erkannte man einen schmalen Mund und zwei große, blinkende Vorderzähne. Die Augäpfel wollten nicht ganz in ihre Höhlen passen – da zitterte ihr Blick und verhaftete plötzlich zwischen den Bäumen.

»Sag mal, steht da oben jemand?»

Er verdrehte den Rumpf und schaute in dieselbe Richtung.

Giuseppe zog den Blick erschrocken ab und sah sich, die eine Hand an den Baum gelegt, fragend im Dunkeln um.

»Komm mal runter da!« Sie drückte sich am Rohr entlang auf die Beine. »Ist ja unheimlich!«

Auch er stand gemächlich auf und klopfte sich die Hosen aus. Sie öffnete einen Reißverschluss an der Jacke. Kurz darauf warf sich der Lichtkegel einer Taschenlampe nach Giuseppe. An ein geblendetes Reh erinnernd verkniff er die Augen; etwas zutiefst Unzufriedenes, Widerwilliges zeichnete sein Gesicht.

»Kennst du den?«, flüsterte sie.

Er schüttelte den Kopf.

Hinter Giuseppe ratterte ein Einkaufswagen mit zunehmender Lautstärke über den Parkplatz des Discounters, bis die kleinen Räder verstummten, indem sie deutlich vernehmbar auf nachgiebigen Waldboden trafen. Es klapperte mehrfach. Dergestalt in die Enge getrieben, begann Giuseppe – nach hektischem Umhersehen – mit vorsichtigen Tritten in die Mulde hinab zu steigen. Die Zwei musterten ihn eingehend.

»Sind ja nicht unsere Leitungen«, sagte sie schließlich mit ernüchterter Gleichgültigkeit und nahm das Licht von Giuseppe.

Zwanglos war es hinwieder nicht mehr, wie sie sich auf das obere Rohr setzte, die Fußgelenke fluchtbereit kreuzte, und mit Eifer die Thermoskanne aus der Jacke nahm, um sie sicher an der Seite des Rucksacks zu verzurren. In Rapport stehend ließ *er* sich ebenso nieder, kreuzte ebenso die Füße, ließ Giuseppe allerdings nicht aus den Augen.

Der bärengroße Mann nickte, als Giuseppe in den Kerzenschein trat. Mit leicht geöffneten, glänzenden Lippen nickte Giuseppe zurück, doch zuckte mit dem Kopf, kaum hatte sein Kinn eine kleine Bewegung getan, allzu rasch zur Seite, um mit übergroßem Interesse die Beschaffenheit der dortigen Flora zu studieren. Die Krümmung seiner Statur erinnerte an ein Fragezeichen.

»Was ist da?« Mit großen Augen und hochgezogener Stirn deutete sie auf die Stelle im Dunkeln, an der Giuseppe mit verklärter Miene hing. Langsam sah er sie an. Sein *nichts-sagendes* Kopfschütteln fiel kaum wahrnehmbar aus.

»Nimm Platz!« Sie klopfte das Rohr. »Bei der Kälte holst du dir 'ne Nierenentzündung. Schau mal, Rainer, nur einen Schuh hat der Kollege. Brauchst du vielleicht hier, so eine Decke? Wir haben sie zum Trocknen rauf gelegt, vielleicht sind sie mal fertig... Ich bin Hannah, das ist Rainer. Und du?« Halbherzig fingerte sie nach alten Lumpen zwischen den Rohren, lamentierte dann: »Warm und nass!«

In sicherer Distanz ließ sich Giuseppe nieder; die Beine dicht beisammen, vornübergebeugt mit engen Schultern, der Kopf, wie stets zu Boden hängend. Prüfend bedachte sie Giuseppe mit angestrengter Falte über der Nase, dann wandten sich alle Drei simultan dorthin um, wo vor wenigen Augenblicken Giuseppes Umriss gestanden hatte.

Schwere Schritte drückten sich in das feuchte, abgeworfene Blattwerk und von weitem noch sprach die ermüdete, kratzige Stimme eines Mannes: »Was sitzt da?«, gefolgt von mehrfachem Räuspern und lautstarkem Abhusten.

Stück um Stück kam eine Gestalt zum Vorschein, deren Beine in weiten, schwarzen Hosen steckten und deren Haupt durch eine lange, dunkle Wollmütze verlängert war. Links und rechts trug er je zwei große, vollbepackte Einkaufstaschen mit sich; er schnaufte schwer, geriet auf dem Laub ins Schlittern, fasste sich und sagte, den Boden nun im Auge behaltend: »Kaspar ist nicht von der Partie, das riecht man.«

Kaspar, der alteingesessene Bamberger Clochard, der des Sommers stets mit grauem Bart und verfilztem Haar in altersschwachen Schrittchen und mit heiterer, öliger Miene Stadtbesichtigungen vorgenommen hatte, war, im Unwissen aller Beteiligten, vor einigen Tagen dem Kältetod erlegen. Das war in Fürth geschehen. Neben dem großen Zeh, der zum vorderen Ende seiner rechten Pantoffel hervorgelugt hatte, war er wegen seines unsäglichen Uringestanks bekannt gewesen — und, wie sich zeigte, in Erinnerung geblieben.

»Bunte Runde«, bemerkte der Neuankömmling, blieb neben den Sitzenden stehen und stellte die Taschen ab. Eine davon kippte um; eine leere Bierflasche und zwei triefende Dosen kullerten über das Reisig. Des Weiteren wurden ein Schlafsack, Gelbe Säcke, reichlich Tüten und ein blauer Strick erkennbar. Er bückte sich und stopfte die Gefäße zurück: »Keine Chance heute. Der Flaschenhecht hat sich mal wieder alles unter den Nagel gerissen.« Er schnaubte verächtlich. »Als ob der nicht von der Rente leben kann. Mit seinem weißen Hemd… Hat nichts zu tun, und wir haben das Nachsehen.« Noch während er um die Dosen bemüht war, drittelte er, an einen Schiedsrichter erinnernd, mit der freien Hand die Luft vor sich: »Heute war: Scheiße – gut – gutscheiße.« Sich aufrichtend schüttelte er die Ärmel eines muffigen Anoraks über seine Finger. Die Kerzen zeigten ein dunkelhäutiges Gesicht mit auffällig vielen Leberflecken und einem dicht gekräuselten Bart, durch den sich silberne Härchen zogen. »Sind sie heiß?« Die Gürtellaschen gegriffen, zog er sich umständlich die Hosen hoch, um anschließend und unter einem dem Feierabend würdigen Seufzer zwischen Rainer und Giuseppe Platz zu nehmen. Er legte die Hände auf die Schenkel und atmete tief durch die Nase ein. Dann wandte er sich Giuseppe zu. »Der stinkt doch nach Pisse.«

»Und du nach Arschloch«, meldete sich Hannah lebhaft zu Wort, wobei sie keinesfalls in einen ernstlich anklagenden Ton verfiel, sondern auf diese Weise das vorlaute Gehabe rügte, wohl in der Absicht, sich selbst zurück ins Gespräch zu holen. Rainer tat ein belustigtes Japsen.

»Oh, Entschuldigung!«, produzierte sich der Neue sarkastisch, lehnte sich vor und musterte Hannah über Rainers Bauch hinweg. »Bestimmt wart ihr in ein Gespräch vertieft!« Offenbar hatte er Erfahrung mit Zusammenkünften jener Art.

»Ja!«, sagte sie ungehalten helltönig, und schlug daraufhin einen erzieherischen Akzent an: »Und wenn du uns deinen Namen verrätst, darfst du sogar mitmachen.«

Er öffnete sich, auf den linken Ellbogen gestützt, zu ihr hin und drehte Giuseppe somit den Rücken zu. »Jamal«, sagte er süffisant.

Mit einer ungestümen Kopfverdrehung parodierte sie ihn: »*Jamal.*«

Jamals Grinsen zufolge verstanden sie sich besser, als es Hannah lieb war. Sowohl Giuseppe als auch Rainer blieben stumme Beiwohner und regten sich nicht.

»Also, Jamal. Ich bin Hannah. Das ist Rainer«, fuhr sie mit übertriebenen Gesten fort, was bei Giuseppe ein nervöses Schlottern erwirkte: Er legte die Hände neben sich ab und rutschte unruhig auf dem Hintern herum.

» – und das ist…?«

Als sei ihm ein Knall durch Mark und Bein gefahren, richtete sich Giuseppe auf. Fragend und mit aufmunternder Miene zog Hannah die Brauen hoch, Jamal lehnte sich zurück. Giuseppe bewahrte sichtlich bemüht den Augenkontakt, indes seine Zunge ein konvulsivisches *Hnn* hinter den Zähnen behielt – was Hannahs Brauen vor Spannung höher steigen ließ – dann spie er seinen Namen aus.

»Giuseppe!«, rief sie begeistert und klatschte in die Hände.

Mit erhöhtem Interesse und gerade gemachtem Oberkörper konzentrierte sich Jamal plötzlich auf seinen Nebenmann; Er machte ein zweifelndes Gesicht und begutachtete Giuseppe, als bemerkte er dessen Gegenwart soeben. Giuseppe gab vor, von der Musterung nichts mitzubekommen. »*Sepp…*«, sagte Jamal nachdenklich und maß Giuseppe offenbar an einer Beschreibung. Sich innerlich Recht gebend, begann er zu nicken. Sein Gesichtsausdruck bekam einen angewiderten Stich. »Du bist der mit dem Hausverbot«, stellte er fest. »Vorhin, in der Tafel, haben sie von dir geredet.« Von oben herab bedrängte er Giuseppe mit dem missfälligen Blick. »Vor einer Woche hast du dich da hackedicht gesoffen, stimmt's?« Er rümpfte die Nase, und so blieb sie; zwei tiefe Falten, die unterhalb der Nasenflügel entsprangen; Gram und Verurteilung bedeuteten.

Die plötzliche, von Jamal ausgehende Kälte veränderte die Atmosphäre alarmierend; Rainer begann, sich nachlässig seinen Fingernägeln zu widmen, und Hannah wurde starr und aufmerksam. Zorn kam mit den Worten und Jamal wurde rücksichtslos laut: »Bist ihr ins Lager gefolgt und hast ihr die Schürze weggerissen, stimmt's? Das Mädchen von der Theke, du hast sie begrapscht, stimmt's? – *Ob das stimmt!*«

Giuseppe rührte sich nicht; nur ein knappes, dank dem nahen Kerzenschein kenntliches Kinnkrausziehen. Sein freiliegender Nacken hatte sich sichtlich verspannt; kaum wagte er zu atmen.

»*Was!*« Jamal berührte Giuseppes Stirn beinah mit der Seinen. Zitternd hielt Giuseppe die Augen gesenkt. Jamal packte ihn beim Nacken, sprang auf, stieß Giuseppe nach vorn, runter vom Rohr. Er landete mit den Knien und fing die Wucht mit den Unterarmen ab; ein quäkendes Stöhnen entfuhr ihm. Breitbeinig und mit offenen Händen bauten sich Jamal über ihm auf. Hannah sprang ein.

»*Lass ihn in Frieden!*« Sie riss an Jamals Schulter; nicht ohne Kraft. Jamal wirbelte herum. Erregt, da sich eine Frau für den Schuft einsetzte, warf er den Arm beschuldigend nach Giuseppes: »Die fanden das lustig! Die haben darüber gelacht! Ich lache nicht! Du? Lachst du?« Mit einem Hieb trennte er Hannahs Hand von seiner Jacke – »*Au!*«, rief sie empört – Mit unbestechlicher Entschiedenheit und einer geradezu bedrohlichen Ruhe stellte sich Rainer zwischen Jamal und Hannah. Jamal beäugte Rainer abfällig, stieß ein verächtliches »*Äh!*« aus, und wandte sich zu Giuseppe um, – welcher unterdessen fort, auf die Beine gekrabbelt war und bereits den Hang hinauf stürmte.

»*Vergewaltigerschwein!*«, brülle Jamal, griff ohne zu überlegen die Bierflasche und feuerte sie durch das Gehölz: »*Wenn ich dich nochmal seh', reiß ich dir die Eier ab! Ich reiß dir die scheiß Eier ab! Lauf! Lauf du Scheiße! LAUF!*«

6.

Die Laterne erleuchtete den Fußgängerweg bis zu einer hartgezeichneten, unter die Brücke verlaufenden Schattenkante. Giuseppe hockte im Dunkeln, den nackten Fuß in die Kniekehle geklemmt; seine Haut war weiß wie fahler Knochen, die Nase rot und glänzend. Vor ihm türmte sich ein Berg zusammengesammelter Zigarettenstummeln. Aus lustlos hängendem Gesicht, welchem, in Anbetracht der vorangegangenen Geschehnisse, eine geradezu unverschämte Gedanken- und Sorglosigkeit anzusehen war, glotzte er über das dunkle Gewässer, in die Sträucher des gegenüberliegenden Ufers. Mechanisch führte er bereits gebräunte Wattepfropfen an blau gesäumte Lippen. Er beachtete den Raben nicht, der nebenan in die Brust einer toten Taube hackte. Still lagen die Straßen. Flussabwärts brummte das Kraftwerk. Und obwohl die Gräser erstarrten und der Atem des Raben kondensierte, war es, als könne ihm die Kälte nichts anhaben, als durchwandere sie Giuseppe wie einen leeren Raum. Allein wenn die Glut nicht auf den nächsten Stummel überging und er die Streichholzschachtel auflas, wurde an seinen ungelenken, Holz zerbrechenden Fingern ersichtlich, wie tief der Frost wirklich saß, wie taub sein Gespür und wie blutarm seine Glieder geworden waren...

Knirschende Schritte näherten sich.

Der lange Schatten einer Person verschmolz mit dem Schatten der Brücke, dann wurden die Schritte hell und klar, und eine junge Frau passierte das graffitiüberzogene Widerlager. Sie und der Rabe erschraken gleichsam; er krächzte, leichtfüßig fort springend – sie stockte auf der Stelle, trat einen vorsichten Schritt vor, ekelte sich vor dem klaffenden Loch in der Taube, doch fasste sich schnell. Ihr Blick wanderte über den an der Wand sitzenden Clochard. Er führte einen Stummel an seinen Mund. Der Rauch biss, stank nach Harn und Schwefel. Rasch wandte sie sich ab, umschlang ihre Brust und eilte vorüber.

Unerwartet sah ihr Giuseppe hinterher; betrachtete mit leicht offenstehendem Mund die Stiefel, den Überrock, das Kopftuch...

Wenige Minuten später knirschte es erneut und dieselbe Frau kehrte zurück. Zwei Meter von Giuseppe entfernt blieb sie stehen, ihre Hände steckten unter der jeweils anderen Achsel. Als sie den Oberkörper beugte und den Kopf leicht schief legte, sprach sie ein wie vorgelesenes Hochdeutsch, demzufolge sie nicht in diesem Land geboren war. »Entschuldigen Sie.«

Sie war klein, dünn; zierlich, und das vom Kopftuch gerahmte Gesicht ungewöhnlich makellos: Ein zartes, leicht nach außen gewölbtes Nasenbein, ein kantiger Kiefer mit sich abzeichnender Muskulatur, reine Wangen von dunklem Teint, sowie nachgefahrene Brauen, welche sich über den zutraulichen Kastanienaugen erschwangen. Weich und behutsam ihre Stimme.

Sich langsam umwendend erteilte Giuseppe das Wort.

»Ich hab mich nur gefragt, ob Sie, ob Sie vielleicht einen Schlafplatz brauchen oder irgendetwas. Heute Nacht soll es wieder Minusgrade geben und sehen Sie; ich wohne gleich dort drüben, nicht weit von hier.«

Sie zeigte in eine ungefähre Richtung. Giuseppe hatte sich, den Kopf verständnislos schüttelnd, bereits abgewandt. Da er nichts sagte und sie wartete, fuhr sie vornübergebeugt fort: »Sie können auch gerne mitkommen, sich nur ein wenig aufwärmen und wieder gehen. Brauchen Sie vielleicht irgendetwas? Eine Jacke? Sonst Kleidung? ...eine Decke?«

Wortlos schüttelte Giuseppe den Kopf.

Als sie in die Hocke gehend Augenhöhe einnahm und zum Wort ansetzte, fuhr Giuseppe herum. Plump und kehlig, in einem unsagbar kindlichen, nachdrücklichen Tonfall fauchte er: »Ich will nicht.« Ohne sie jedoch anzusehen. Sofort wandte er sich ab; seufzte belästigt.

Sie verblinzelte den Schrecken. »Ich kann Sie hier doch nicht allein lassen... Es wird noch kälter, sie erfrieren ja... Kommen

Sie mit, bitte. Sie machen bestimmt keine Umstände. Sonst wäre ich nicht hier. Nicht wahr?«

Die Vehemenz ihrer Freundlichkeit stieß Giuseppe ab; Offenbar hatte er entschieden, die junge Frau abzuwimmeln, indem er ihr nur lange genug den platten Hinterkopf vorhielt. Das über stürzendem Wasser brummende Kraftwerk füllte die Minute, in der sie schwiegen. Sie schlang die Finger ineinander.

»Sortieren Sie sich erst einmal. Verlieren tun Sie bestimmt nichts…wie gesagt, es ist nicht weit. Drei Minuten. Ich will Ihnen wirklich helfen. Sie brauchen doch auf lange Sicht irgendetwas, wo sie schlafen können. Sie müssen mir dafür auch nichts geben. Sie müssen nicht einmal etwas sagen. Aber kommen Sie, bitte, zumindest für heute Abend.«

Zu ihrem Vorteil brodelte der Magen des Clochards an dieser Stelle ungeheuer lang, doch sie sagte zunächst nichts weiter, sondern setzte lediglich ein ermutigendes Lächeln auf, mit dem sie von hinten durch seinen Schädel zu dringen versuchte.

»Meine Mitbewohnerin ist sowieso nicht da, es ist also Platz. Sie können duschen oder ein Bad nehmen. Ich habe noch eine Pfanne Hirse, mit Gemüse, wenn Sie wollen.«

Nach einer weiteren Schweigeminute drückte sie sich zurück in den Stand. »Wenn Sie es sich anders überlegen: Sie müssen nur dem Weg folgen und vorne, links, über die Straße. Klingeln Sie bei Hausnummer fünfundsechzig. Sie sind willkommen. Wirklich.«

Kurz harrte sie aus, winkte dann mit der Hand ohne den Arm zu heben, machte auf dem Absatz kehrt und ging nun selbst mit hängendem Haupt und nachdenklichem Fuß-vor-den-anderen-Setzen die sachte Steigung empor…

Neben dem Weg reihte sich angehäufter Schnee, der durch das Schmelzen und erneute Festfrieren glatte Rundungen aufwies. Jenseits der Friedensbrücke gab es keine Laternen, die über das Parkgelände und durch die ausgelagerten Gärten lotsten, doch der trübe Mondschein hob die weißen Plastiken am Wegesrand hervor und wies somit Richtung. In den ausgestorbenen Nachtstunden klang jedes Geräusch ungewöhnlich eindringlich und nicht selten wandte sich Samina Nabil um, wenn ihre nassen Schritte weit hinter ihr erst verklangen. Ein-, zwei-, dreimal – dann, beim vierten Mal Umdrehen, gewahrte sie einen glühenden Funkenschauer, und je länger sie innehielt und mit den Augen versuchte, zu erkennen, was ihr Verstand bereits wusste, desto deutlicher wurde die wankende Figur, deren Klamotten flatterten und hingen, als bekleideten sie ein Drahtgestell, das vom Wind angeschoben, langsam auf sie zu wehte.

Sie wartete ihren Günstling ab. Selbst im Dunkeln war ihr Vergnügen nicht zu übersehen; die Zähne lachten; der Arm winkte; zufrieden wippte sie auf den Ballen.

Angemerkt sei an dieser Stelle, dass Samina Nabil den gleichaltrigen Giuseppe Krüger keineswegs als solchen empfand: Als sie Wochen später über jenen Abend berichtete, beschrieb sie den Halbfranzosen als etwa dreißig bis fünfunddreißig Jahre alt. Außerdem, und dies mag bizarr klingen, verwendete sie, um Giuseppe in Worte zu fassen, die Begriffe *sprachgestört*, *konfus*, sowie *intelligent*. Das letzte ihm zugeschriebene Attribut gibt allerdings mehr Auskunft über Nabil als über Krüger: Offenbar ist die junge Frau zu jener gutgläubigen Sorte Mensch zu zählen, die das Egoistische, Sündhafte und *Böse* am Gegenüber mit unbeirrbaren Optimismus aufgreift; es als Gegengewicht zu brauchen scheint, um sich selbst dem Nächstenlieben, Wohlgefälligen und *Guten* hinzugeben. Bei der von Nabil beobachteten *Intelligenz* kann es sich demnach nur um eine psychische Verzerrung ihrerseits handeln; um ein Wunschbild. Überdies blieb der Verdacht auf besonderen Intellekt vollkommen unerklärt. Nabil sprach von dem diffusen Gefühl, eine welterfahrene Geisteskraft müsse sich hinter der heruntergekommener Fassade Giuseppes verbergen. – Allgemein gilt jedoch, dass der Schweigende in seinem Denken weit überschätzt wird – genauso ist die Fantasie des nächtlichen Spaziergängers beschäftigt, Formen und Gestalten im Düster zu erkennen…

»Begleiten Sie mich?«

Giuseppe überragte Samina um mehrere Köpfe, ließ seinen diesmal jedoch nicht hängen, sondern sah blinzeln über den Ihren hinweg, schaute nur kurz in ihr Gesicht und nickte. Als sei er ihr eine Erklärung schuldig, es indes mehr nach einer Ausrede klang, nuschelte er: »Muss mal aufs Klo«, schob darauf die Hände in die Jackentaschen, und sah sich zweifelnd um.

Zufrieden verbarg sie ein Lächeln hinter gepressten Lippen. »Kommen Sie.«

Während sie gingen kam es zu keinem Gleichschritt; andauern fiel Giuseppe trotz seiner überragenden Körperlänge zurück. Bisweilen stierte er in den Rücken seiner zielstrebigen Helferin und blickte sich dann plötzlich nach allen Seiten um, als erwarte ihn umgehend Tadel. In Bewegung nun schien ihm die Kälte weit mehr anzuhaben; er zitterte in Schüben, bis in die Backen. Gesprochen wurde nicht, bis Samina die Tür aufsperrte.

Eine modernen Wohnanlage, zusammengesetzt aus dicken Betonplatten. Balkon und Flachdach waren im Sommer begrünt, zu dieser Jahreszeit hinwieder kahl. Saminas Wohnung lag im heckenumschlossenen Erdgeschoss; der erste Stock fiel, wie bei den gleichförmigen Nachbarshäuser, etwas kleiner aus. Sie führte Giuseppe durch den gespenstisch leeren Flur, über glasierte, beige Fliesen, lehnte sich kurz über das schwarz lackierte Treppengeländer und sah nach oben, bat dann, Giuseppe möge die Haustür schließen.

Die Zwei-Personen-Wohnung verfügte über einen funktional eingerichteten Gemeinschaftsraum. Vor der Fensterwand, welche Sicht auf Vorgarten und Straße gewährte, stand eine mit weißen Leinen bezogene Couch. Der kleine, quadratische Esstisch war neben der Küchenzeile an die Wand gerückt. Es gab keinen Fernseher oder Sofatisch, dafür ein wenig gebrauchtes Holzregal nebst Wohnungstür samt angeschraubter Garderobe, auf jenem Regal; unkenntliche Steinfigürchen, eine Glückskatze aus Porzellan, der Größe nach geordnete Matrjoschkas – allesamt staubüberzogen. Zuunterst; wenige Zeitschriften und Kochbücher. Mittig des Raumes verströmte ein Wäscheständer den feinkalkulierten Geruch eines blumigen Waschmittels.

Samina zog sich die engen Ärmel von den Armen, streifte zeitgleich die Schuhe ab, hängte die Jacke an den Haken, musterte einen Augenblick den im Türrahmen stehenden Giuseppe, sagte, er könne die Schuhe anbehalten, bückte sich, sich abwendend, nach einem metallenen Schuhbord und zog, hinsichtlich der benutzten Pluralform, eine dem Fettnäpfchen bewusste Grimasse.

Ratlos bis unbeteiligt wartete Giuseppe. Bis Samina zu einer Tür schritt, diese präsentierend nach innen aufstieß und sich selbst leicht verlegen daneben stellte. Sie fasste sich beim Handgelenk und knetete daran herum. »So. Hier ist das Badezimmer. Wenn Sie doch ein Handtuch brauchen, nehmen sie eines von den unteren, dort.« Einem nervösen Impuls folgend, deutete sie auf das an die Tür genagelte Nazar-Amulett: »Damit niemand reinguckt.« Sie kicherte, doch ließ es, der fehlenden Resonanz wegen, schnell bleiben, blinzelte stattdessen hastig und sah weg, als sich Giuseppe an ihr vorbei schob. Wie die Tür zugefallen war, musterte sie kurz das blaue Glasauge, schüttelte den Kopf, strich sich eine Strähne unter das Tuch und begann, umherwuselnd, viele Dinge gleichzeitig zu tun.

Fünf Minuten später brutzelte die Hirse, ein dunkelblaues Laken war über die Couch gespannt, der Tisch gedeckt, der Wäscheständer in einem der Schlafzimmer verschwunden.

Durch das Unfähigkeit bezeugende Rütteln des Badezimmerschlüssels merkte Samina von einem Kleiderstapel auf, kam zu Hilfe und traf Giuseppe just vor dem Badezimmer an.

»Oh, Sie haben es geschafft. Hier – « In großen Schritten eilte sie zum Tisch und zog einen Stuhl hervor. »Essen Sie noch etwas. Sie sind hungrig. Nehmen Sie, soviel Sie wollen!«

Sie stellte die Pfanne auf den Untersetzer, ließ Giuseppe allein, hastete zurück in ihr Zimmer – und womöglich war dieser Umstand bedingend, dass sich Giuseppe nach einem längeren Zögern tatsächlich am Tisch niederließ, leicht versetzt auf dem Stuhl zwar saß, was einen gewissen Widerstand bezeugte, doch immerhin saß er und lud einen Brocken Hirse auf den Löffel.

Interessant war der Umgang mit dem Besteck. Giuseppe schaufelte, schob mit den Fingern bisweilen Zwiebel-, Zucchini- und Auberginestücke auf den Löffel; das Silber intuitiv gegriffen wie es dem Kleinkind läge, führte jedoch mehr den Mund an den Teller als dass er mit dem Löffel Strecke machte, schlang geradezu; die Brösel sprangen ihm aus dem Mund – dann verschluckte er sich; er hustete stark und spie sich die Röhre frei, sodass kleine Hirsepunkte über Tisch und Boden sprangen.

Samina sah nach dem Clochard, doch der bemerkte nichts davon. Er rieb sich die wässrig gewordenen Augen, hustete nochmals und tat dann schwere Schnaufer, ehe er langsamer als zuvor das Löffeln aufnahm.

Samina, durch den Türspalt ihres Zimmer zu sehen, faltete ein ausgeleiertes Hawaiihemd zusammen, legte es feinsäuberlich auf weitere Ausschusswaren und kam anschließend in das Wohnzimmer.

»Darf ich?« Sie deutete, die andere Hand wiederum unter die Achsel geklemmt, auf den Stuhl rechts von Giuseppe. Ein unschlüssiges Zucken ging durch dessen Schulter.

»Danke«, interpretierte sie, lächelte und nahm Platz. »Samina.« Feierlich hob sie den dünnen, dunkel behaarten Arm, indes ihre winzige Hand über Giuseppes Teller nach unten abknickte. Er hob ihr die Seine hin; sie war es, die zugriff. Hernach barg sie die Hände unter der Tischfläche, rieb sie gründlich an der Hose ab und versuchte währenddessen, ein Gespräch in Gang zu bringen: »Kommen Sie von hier? Sprechen Sie denn überhaupt richtig deutsch?« Die Unterarme auf der Tischkante ablegend konzentrierte sie sich gänzlich und unerhört freundlich lächelnd auf den Gast. Giuseppes Blick wanderte unruhig über die Küchenschränke.

»*Do you speak German, English? Or Polish, Russian... Or maybe...?*«

Seit dem aufbegehrenden *Ich will nicht!* wurde erstmals eine klare Gefühlsregung ersichtlich; unter plötzlicher, echter Verwirrtheit musterte Giuseppe die junge Frau, als habe sie ihn angebellt – sein Geist zu träge, um den Sprachwechsel umgehend aufzufassen.

»*English?*«, fragte sie strahlend.

»*Äh...* deutsch.« Allzu rasch wandte er sich dem Teller zu.

Samina nickte rege und verlagerte ihr Gewicht. Je länger sie den tellerfixierten Giuseppe musterte, desto starrer wurde ihr Lächeln. Sich etwas aufrichtend, nickte sie wieder. »Ich lasse Sie zufrieden, wenn Ihnen das unangenehm ist. Hier muss Ihnen aber nichts peinlich sein, wirklich nicht...«

Kaum merklich wippte Giuseppe mit dem Kopf.

Sie kratzte sich den Unterarm und hob nachdenklich die Brauen, indes ihre Augen den Fokus verloren. »Manche haben Glück, und manche haben Pech. Ich... sehen Sie, ich möchte nur helfen, damit auch andere zu etwas Glück kommen.«

Man hörte den Boiler durch die Tür summen, so still war es darauf geworden. Plötzlich zog Samina die Pfanne und den Teller an sich, schien überaus konsterniert aufgrund dieser Plattitüde, welche sie nicht hatte sagen wollen, ihr aber der Schweigsamkeit des Gastes wegen herausgerutscht war, und redete entgegen dessen schnell und sachlich, den Tisch zugleich räumend.

»Das Sofa; dort können Sie heute Nacht schlafen. Auch länger, wenn Sie wollen. Außerdem habe ich einige Kleider rausgesucht, vielleicht gefällt Ihnen etwas davon. Ich muss morgen sehr früh aufstehen und würde demnächst schlafen gehen, aber bleiben Sie ruhig hier, auch morgen. Sie können sich einen Plan machen, ich kann Ihnen helfen!« Kurz sah sie über die Schulter während sie Spülmittel in die Pfanne tröpfeln ließ. »Falls Sie irgendwo hin müssen...oder Hilfe bei irgendetwas brauchen... Ich habe einen Computer, einen Drucker...«

Fortüberlegend vor sich hin summend bürstete sie die Pfanne aus. Giuseppe hing nicht passgenau in seinem Stuhl; sein Mund stand offen, seine Oberlippe sprang hervor, und mit indolentem Blick gaffte er auf den schmalen, rockverkleideten Hintern. Nach einer Weile legte Samina die Pfanne auf das Geschirrgestell, fasste sich bei den Oberschenkeln, um die Hände zu trockenen, und wandte sich um: »*Ah!* Die Schuhe! Einen Moment...« Ihr entging nicht, woher Giuseppes Augenpaar nur langsam aufsah.

Saminas Zimmertür stand weit geöffnet, sie zog Kisten unter dem Bett hervor, öffnete und verschloss jene, bis die richtige gefunden war. Mit zwei großen, braunen Wanderstiefeln winkend kehrte sie wieder und stellte sie neben Giuseppes Füßen ab. »Probieren Sie die mal. Dürfte ungefähr passen, und sie sind wasserfest. Die gehörten meinem Bruder, aber er hat sie seit Jahren nicht benutzt...«

Zögerlich sah Giuseppe auf; brachte ein »Nachher« zustande.

»Gut!«, lautete Saminas Ausruf, dem eine leichte Kränkung unterstellt werden konnte. »Ich stell sie solange hier hin, zu den anderen. Jetzt muss ich aber wirklich ins Bett. Gleich da – liegt die Decke für Sie, die Kleider liegen hier. Die Heizung ist hinter dem Sofa, falls es Ihnen zu kalt oder warm wird. Das Licht können Sie von der Couch aus ausmachen – und... Ja, ansonsten...«

Sie war zurück um den Tisch gegangen, um Giuseppe nochmals von Angesicht zu Angesicht zu sehen, dieser nämlich war unbewegt hocken geblieben.

»Ansonsten wünsche ich Ihnen eine gute Nacht. Schön, dass Sie doch da sind...« Wie zu Beginn fasste sie sich selbst beim

Handgelenk, lächelte verlegen, blinzelte viel, sagte ein abschließendes:»Ja«, und ging sodann, ohne Umweg über das Badezimmer, direkt in ihr Schlafzimmer. Kurz darauf schob sich die Tür in den Rahmen.

Sich über die Stuhllehne verdrehend beäugte Giuseppe die Tür: Umzieh-Geräusche und ein Lichtschalter waren zu hören. Einiges wurde umher geschoben. Ein Fenster gekippt. Vier Minuten später drehte sich der Zimmerschlüssel langsam, als wollte er nicht gehört werden; doch es klackte unmissverständlich, als der Riegel in das Schließblech sprang.

Etwas länger als zwanzig Minuten hockte Giuseppe am Tisch; die Hände in den Jackentaschen (er hatte sie nicht ausgezogen) und die Füße lang gemacht. In dem Raum herrschte schon lange nicht mehr der blumige Waschmittelgeruch; das Gegenteil war der Fall: Der enorme Körpergeruch des Obdachlosen hatte sich ausgebreitet; haftete bereits in den Vorhängen und anderen Stoffen...

Von draußen in das Wohnzimmer geschaut, wirkte der am Tisch Hockende in seiner unbewegten, buckelartigen Krümmung eigenartig beruhigend, wie ein Stillleben. Wenige Male kratzte er sich den Kopf; starrte vor sich nieder...

Als er sich erhob, trat er vor den Herd und machte sich an Schubladen und Schranktüren zu schaffen; ließ einige offen stehen, und stieß letztlich auf eine Flasche Kochwein. Den Wein nicht mehr loslassend, riss er das Laken von der Couch, häufte es auf den Unterarm, nahm ebenso die ihm bereitgestellte Decke, und scharrte dann mit dem Fuß im auf dem Boden liegenden Kleiderstapel. Er bückte sich und las einen dicken Fleece-Pullover auf. Alles Zusammengetragene wurde auf dem Küchentisch abgelegt. Giuseppe betrat nochmals das Badezimmer. Nach wenigen Augenblicken kam er heraus, die Tür flog hinter ihm ins Schloss und das Nazar-Amulett hüpfte vom Nagel, fiel; zerbrach entzwei. Die Scherben kurz musternd harrte Giuseppe aus, ging dann zum

Tisch und raffte erneut alles zusammen. Das Licht blieb an, indes die Wohnungstür hinter dem Clochard zuknallte.

Erst als er die Haustür hinter sich zu zog und einen Schritt tat, hielt er inne, glotzte auf seinen nackten Fuß, wandte sich prompt um, drückte gegen den unnachgiebigen Griff, ließ ab und schwenkte ratlos mit dem Kopf. Kurz musterte er die beiden Klingelknöpfe. Schnell hatte er sich dagegen entschieden.

Durch die ausgestorbene Sandstraße torkelnd, eingewickelt in Laken und Decke, die ihm von den Schultern hingen, grunzte und blaffte Giuseppe über die Pflastersteine hinweg. Er fiel von Schritt auf Tritt, eine unstete Schlangenlinie beschreibend; vorbei an angeketteten Stehtischen und wenigen, erleuchteten Fenstern, wohinter Kellnerinnen und Barmänner aufstuhlten. Gegen Ende der Gasse machte er vor der historischen Rauchbierbrauerei abrupten Halt, drehte sich dem rechteckigen, wie die Fensterläden dunkelgrün bestrichenem Eingangstor zu, breitete die Arme aus, dass ihm der Stoff wie ein Paar Flügel herabhing, und blökte kräftig trunken den verschnörkelten, goldverzierten Ausleger an: »*Scheiß auf dich! Scheiß was auf dich!*«

Er ließ die Weinflasche glucksen, torkelte einen Schritt, setzte ab, hob das Bein und trat gegen das Tor, sodass er das Gleichgewicht verlor, rückwärts taumelte, sich fing und umso stürmischer Züge aus der Flasche tat.

»Jaja!«, rief er und stürzte weiter, kippte nach hinten ins Hohlkreuz, fasste sich. »Ihr wollt mich alle... *alle! Blabla!* Reden, reden, reden! ... « Keuchend bog er rechts ab. Während er entlang der Mauer ging, begann er, vor sich her zu nuscheln: »Is doch – is doch kein Problem. Macht nix, ich sag doch, macht nix. Dumme Hure, *Fotze da!* Lass mich in Ruh! Scheiße... is doch, is doch kein Problem? Mach mein Ding. Sollen mich in Ruhe lassen! – *Simon! Scheiß was auf dich!* Auf euch alle. Alle...«

Kurz stehen bleibend und sich selbst zuprostend, hielt er die Flasche empor und nippte schnell, stierte dann mit leerem Blick geradeaus. »*Ah!* Was? *Was, was? Pff!* Nächstes Mal is der andere dran! Der andere Scheißer!«

— Wie konnte das bisschen Alkohol derart besoffen machen? Welchen Bösen Blick hatte das zerbrochene Amulett abgewandt? Giuseppe hielt den Wein beim Hals gegriffen vor seine Augen, schätzte ab; dann wühlte er in der Jackentasche, zog einen halben Liter Desinfektionsmittel mit 70 prozentigem Anteil der blindmachenden Arznei hervor, ließ den weißen Deckel aufspringen, und goss, wenige Tropfen verschüttend, in die Weinflasche nach. Seine Konzentration dabei blieb, auf den Tagesverlauf betrachtet, unerreicht.

Er selbst hingegen erreichte wenig später die Karolinenstraße und stieg zur Oberen Brücke hinan, auf das Alte Rathaus zu. Die warmfarbigen Fresken des Wahrzeichens; rote Säulen, gelbe Büsten, Engel, Statuen und Portraits, waren im Dunkeln kaum mehr als fleckiger Putz, und als Giuseppe ausladend unter dem Balkon mit den verschlungenen Ornamenten dahin schlenderte, und das trübe Schemen des Mondes über dem pikelhaubigen Glockentürmchen leuchtete, rauschte hinter- und vor ihm die Regnitz. Mit anmaßenden Gebärden, einem ruhmreichen König gleich, stolzierte er durch den Torbogen und lachte dreckig: »Ja, ja!«

Mit ausgebreiteten Armen und aufwärtswippender Hand unterquerte er den Bogen; die seelenruhige Stadt einladend, herausfordernd, zum Applaus auffordernd. »Ja, ja!«, rief er.

»Ja. Ja«, sprach er nachdenklich und siegessicher zu niemandem bestimmten. »Ja, ja…«

Und so, mit dem Übertritt der Mitternacht, schließt sich unsere Erzählung. Giuseppe René Krüger schlug in dieser Nacht ein Fenster des Restaurants *Zum Bratenseppel* ein, und nächtigte anschließend, eine Kabine versetzt, abermals in den Toilettenräumlichkeiten unweit der Kongresshalle. Stunden zuvor hatte dort, anlässlich eines Benefizkonzertes für

Bedürftige, ein großes Tohuwabohu in Anzug und Kleid Sektgläser erklirren lassen – doch das sei nur der Sinnhaftigkeit wegen erwähnt.

Anhang

Anmerkung zu Kapitel 3: Entschuldigen Sie den lustigen Stilbruch. Während des Spaziergangs, welcher sich *Recherche* rühmen mag, widerfuhr mir jedoch ein ulkiger Dialog über einen Zaun hinweg, welcher, wie ich denke, ein getreues Bild des überbesorgten Gutbürgertums liefert, sowie die Dummheiten, die damit einhergehen, möglicherweise auch *den Franken* abbildet und somit atmosphärisch interessant für den *Giuseppe* wird.

Durchaus pflege ich nicht, mit Stift und Papier durch die Gegend zu rennen, trotzdem tat ich es dieses eine Mal und wurde prompt gestraft; als die letzten Häuser vor den Feldern der Stadt erreicht waren, meine Wenigkeit soeben einen gigantischen Dreckhaufen musterte und einen Bogen auf dem Zettelchen notierte, da drang ein forsches Stimmchen an mein Ohr, das sprach: »Was machen Sie da, wenn ich fragen darf?«

Der gute Herr, in seiner Einfahrt gestanden, war voll des Misstrauens und erkannte mich nicht, obschon ich gewiss eintausend Mal an seinem wohlbehüteten Gut vorbei geschlendert und zu seinem kleinen Hündchen, so ein kecker Beppo, der mit dem strammen Schwanz überall hängen bleibt, gesprochen und geknurrt hatte – dieser Herr nun engte die Augen bös und sein rundes Kinn mutete an, wie der Steißknochen zwischen zweien behaarten Arschbacken.

»Ein paar Sachen aufschreiben«, lautete die unverfängliche Antwort.

»Ein paar Sachen, ja« und dem war zu entnehmen, dass er mich für einen Vorbereitungen treffenden Einbrecher hielt – Zugegeben, meine Erscheinung glich derer Giuseppes durchaus; am Saum zerrissene Jeans, lose hing sie mir vom Hintern, die schwarze Jacke als Projektionsfläche seiner dunklen Fantasien – und die Kapuze ohnehin verräterisch bis ins Mark, zudem; ein ungestutzter Bart. Immerhin: Von totgelatschten Schuhen war ich zwei zu tragen imstande, Augen; die Meinen blau, grau Giuseppes.

Nun, ein Dieb kann aussehen wie ein solcher, Verdacht erregen darf er nicht! Eine gelassene Aufrichtigkeit muss er ausstrahlen, während Waren ganz natürlich in seine Taschen fallen: Man kann den Dieb aus Überzeugung nicht wittern, im Gegensatz zum Nervösen, der nur eine Dummheit begeht. So ist es auch nicht verwunderlich, dass Giuseppe, im Sommer, in keiner Weise bemerkte, wie ich seine Angel geschultert an ihm vorüberstahl; blind war er für meine Gelassenheit. Zurück: Einbrüche meide ich seit meine Jugendliebe hopsgenommen wurde. Der Aufwand scheint mir inzwischen zu derb und plump, ohne Stil und Raffinesse, außerdem, so denke ich, trifft es den Falschen, sowie ich nur am Geldscheißenden den Dieb zuzulassen geneigt bin. Um eine Angel aus dem Geschäft zu stehlen war ich mir an jenem herrlich grünen Tage allerdings zu müde. In erster Linie war der Herr am Zaun also wegen meines Notierens berufen und erkannte den einstmaligen Einbrecher in mir.

»Ich schreibe eine Novelle, wenn Sie es genau wissen müssen, und schreibe auf, wie es hier aussieht«, redete ich fort, denn wer möchte schon für etwas gehalten werden, das er nicht ist – wenn nicht etwa jener Herr, der sich gewiss recht neunmalklug vorkam.

»Und was ist das, Novelle? Ich rede nur Deutsch, wissen Sie«, entpuppte er sich als vorgefertigter Hohlkopf, der doch ein stolzer Deutscher war – mich wohl für einen *Ausländer* hielt.

»Nun«, trat ich an den Zaun, »eine literarische Gattung, zwischen Kurzgeschichte und Roman etwa...« und überlegte, was denn noch gleich die Krux daran gewesen sei, indes der Herr ein Stückchen wich.

»Ja«, gab er patzig von sich. »Ich werde Sie im Auge behalten.«

»Tun Sie das. Und kaufen Sie das Büchlein. Das wird Ihnen guttun« – wäre gewiss die rechte Antwort gewesen – doch neige ich im Streitgespräch mehr zu assoziativem Quatsch und

Blödelei, als zu geistreicher Schlagfertigkeit. So schenkte ich ihm lediglich ein undeutbares Grinsen, ein schelmisches, nachdem er nicht wissen konnte, ob ich nun ein Gauner sei, ihn oder aber als Dummkopf niederschreiben wolle; Er lächelte sogar zurück und nickte, was allerdings nicht mehr als Mimikry war. Den nächsten halben Kilometer vergnügte ich mich außerordentlich an dieser Typoffenbarung.

Über Herrn Fu Manchu übrigens kursieren die Gerüchte, er fräße seine Miezis, Schiwas und Felixe; züchte sie gewissermaßen und koche sie in einem großen Topf samt Brennesseln. Bestätigen kann ich dies nicht, doch scheint er mir der rechte Kerl für derlei Dinge. Einmal stahl ich ein Fahrrad für ihn; es war seiner Enkelin bestimmt, und er lud mich auf einen Imbiss ein, doch lehnte ich ab; Katze wollte mir noch nie recht schmecken. Mein Fauxpas, das Erkannt-werden, als ich Giuseppes Schatten ebenwürdig hinter jenem schlich, und mich der Fu Manchu entdeckte, was freilich zu Giuseppes Glück geschah, hatte zu einer erneuten Einladung geführt. Leider war ich im Auftrag meiner Selbst verhindert gewesen; musste Zeit nehmen. Piek hatte sehr darauf beharrt, dass jemandem wie mir mit Freizeitaktivitäten geholfen sei.

Buddha Sulidae

Eine Fabel

– BODHI –

I.

An der Wiege des Meeres und auf den Zähnen der schwarzen Riffe offenbarte sich in einer Nacht der Stürme der blaugehäutete Buddha Sulidae.

Das Getöse zerbarst die Nester, und der Regen raubte das Augenlicht. Der Donner betäubte die Ohren, und Blitze erschlugen die Fliehenden.

In jener Nacht wurde Sulidaes Augapfel von einem Regentropfen herausgeschlagen, und an Federn verlor er hunderte, sodass er des Morgens, im Licht der gütigen Sonne, nackt und einäugig die Welt erblickte.

Die Felsen waren blank gescheuert und luden erneut an Wärme auf, doch Sulidae hatte seine Heimat verloren. Auf den Riffen der Ahnen erholte er sich, genährt von anschwemmenden Algen, und er vertrieb die Aasfresser von den Sterbenden, um seine Schuld abzutragen und in Verbundenheit Abschied zu nehmen.

Doch wie die letzte Welle verebbte und das Meer in Stille sich legte, war Sulidae von ganzem Wesen verändert. In dieser Nacht nämlich war Sulidae Bodhi[1] zuteil geworden. Als seine Sippe im Kräftemessen der Naturgewalten unterging. Als er sich selbst ergab und sein Gefieder dem Wind überließ. Als der Tod nur ein Auge als Pfand sich nahm, und ohne Sulidae zu schauen vorüberschritt, hatte Sulidae Bodhi erfahren.

Flugwandernd bereiste Sulidae die Seen, die Wälder, die Steppen. In den Bergen überwinterte er. In der Wüste dürstete ihm. Im Dschungel vergiftete er sich. Und am Meer genas er.

Sechs lange Sonnenjahre erwuchs er reisend. Sechs kurze Mondjahre ruhte die Welt mit ihm. Wo Sulidae schwamm, färbten sich die Seesterne. Wo Sulidae ging, häuteten sich Schlangen blau. Schnecken, Spinnen, auch Wespen bläuten, und die Eulen, Elstern lauschten, denn Sulidae schwieg in außergewöhnlich lautem Maße.

Die Jahre zogen ins Land und Sulidae hielt Bodhi in Ehren. Er verteidigte Bodhi gegen die Klugen. Er vergaß Bodhi nicht bei den Dummen. Sulidae wusste, dass es demjenigen Vergessen bringt, der sich auf Bodhi ausruht. So pilgerte er, um nicht zu ruhen, um den Trott der Sesshaften nicht Herr über sich werden zu lassen. Und wie sich die Welt um Sulidae veränderte, veränderte sich auch Sulidae. Bodhi jedoch hielt er in Ehren, und so blieb sein Kern für lange Zeit immergrün, von Heiligkeit durchdrungen.

II.

An eine Schlucht gelangte er, wo ein Reiher in einer Astgabel hockte und immerzu mit dem Schnabel schüttelte. Als Sulidae in seine Nähe trat, rief der Reiher hinab: »Oh, Weiser! Blaugehäuteter! Dein Ruf eilt dir voraus und summst mit den

---

[1] Sanskrit; wörtlich: *Erwachen*, häufig auch mit *Erleuchtung* übersetzt

Fliegen, und dem von mir verachteten Insektengetier bist du ein Prophet; ich erkenne dich! Sieh, Blauhaut, das grüne Stück, das vor uns liegt im Tal, es wird bald Ruine sein. Die Ameisen werden zu tragen haben und die Holzwürmer werden gedeihen, gedeihen werden die Holzwürmer, Blaugehäuteter, sie werden fett und blind sein, und sich nicht erinnern an das einstmalige Reich, das sie zermalmen. Doch es scheint, so vorgesehen... Siehst du denn überhaupt, Einäugiger, dass dieses Land untergeht?«

Und Kraft seiner Erscheinung zähmte Sulidae die Tollgewordenen und brachte Schlaf den Maulwürfen; diese gruben emsig durch den Untergrund, dass die Bäume obenauf versackten – und der Wald hatte sich bereits in großem Aufruhr befunden...

Zum Dank gossen Bienen Honig in Sulidaes Rachen, Büffel betteten ihn auf Schilfgras. Wombats legten ihm Bananen dar; Sulidae schlang, und die Mistkäfer wurden schwarz vor Neid, denn auch sie hatten Gaben herangeschafft.

Und desspäteren, wie der Blaugehäutete auf dem Schluchtenfels anlandete, um von letzten Lichtstrahlen erheitert zu sein, wurden auch die Räuber faul und legten ihre Messer nieder. Vorlaut plauderten sie mit Sulidae, dem Exoten.

»Sulidae, Sulidae!«, rief die Hyäne. »Warum freut es mich, dich hier in Wonne sitzen zu sehen, und sag, wieso überhaupt fresse ich dich nicht einfach auf?«

»Maul halten, Dummkopf!«, schalt der Geier rüde, denn er wartete sein Leben lag den Tod und war selbst ein großer Kenner von Samsara[2], sodass er die Hyäne verachten durfte. Denn diese war offenbar zu dumm und wusste nicht, dass auch Sulidae sterben und zu Aas werden würde.

»Buddha Sulidae lehrt dich lebendig«, pickte der Geier auf den Kopf der Hyäne. »Er lehrt dich zu leben. Sein Fleisch schmeckt

---

[2] Sanskrit; wörtlich: *Beständiges Wandern*, meint den *Kreislauf des Werdens und Vergehens*

97

nach Seetang und lehrt dich nichts. Er lehrt die Leidenden, du aber bist zu dumm zu diesem Leiden. Aber leiden wirst du, sollteste du ihm eine Feder nur zerkratzen!«

»Wie schmecken die blauen Füßchen wohl, wie schmecken wohl die heiligen Nierchen?«, juxte die Hyäne unter den Schlägen fort. Und der Geier pickte nach den Ohren und zog sie nach allen Seiten, um die Hyäne hörig zu machen. Und wie die Ohren lang genug waren, und die Hyäne endlich verstand, weshalb sie zu leiden hatte, sprang sie in weiten Sätzen den Felsen hinunter und trollte sich umsichtig, als würde sie verfolgt. Denn unter dem Ernst des Geiers war sie zu der Erkenntnis gelangt, sich mit größeren Fragen als Fleischfragen beschäftigen zu müssen, und fortan war sie einsam, hinterfragte jeden Schritt und verlor sich in Gedanken, welche der Hyänennatur fernlagen.

Buddha Sulidae aber schwieg, und wie die Sonne ihren Mantel nach sich zog, beschloss er, nicht in jenem Tal zu verweilen.

III.

»Erleuchtung kann ich euch nicht bringen«, sagte Suldiae einmal zu den Tauben der Stadt, zu den Vögeln der Menschen. »Wohl gibt es Nützliches zu wissen und Regeln einzuhalten. Überfresst euch nicht an den Menschenleckereien, und sofern euch keine Frage quält, pflegt den Geist, der um sich greift, in die Dinge dringt, und lustig zu betrachten weiß. Freude an den Dingen, das nennt Sulidae schon halb erwacht.«

»Sulidae, Sulidae…«, entgegnete ein fetter Tauberich gutmütig. »Wieso redest du nur von Erleuchtung, von Wörtern, die du erfindest? Du scheinst mir ein Sonderling zu sein, der uns verführen will. Wozu? Wohin? Die Menschen verehren uns hier. Um uns wohl zu tun, legen sie köstliche Speisen in ausgehölte Metallbäume. Sie errichten Bäder für uns und reinigen die herrlichen Dome, die sie zu Ehren unser erbauten.

Uns brauchst du nichts erzählen, Sulidae…« und der fette Tauberich scharrte mit den Füßen und erfreute sich an laut zustimmendem Gegurr.

Doch Sulidae blinzelte mit seinem einen Auge und erkundigte sich höflich: »Und fragte deine Nebenfrau nicht soeben, weshalb ihr alle grau geworden, warum auch eure Köpfe grau zu denken anfinget?«

Und alle Anwesenden sahen zu dem besagten Taubenfräulein hin, welches sehr errötete. »Ist es nicht so?«, fragte sie schüchtern. »So ist es doch! Pflegen wir nicht wie Gourmets zu essen? Wie Könige zu flanieren? Wie Götter zu urteilen?«

Da rief eine Taubengroßmutter empört: »Natürlich! Natürlich tun wir das! Was redest du Unsinn!«

»Jaja, das tun wir!«, ereiferte sich das Fräulein. »Sind wir aber denn Gourmets, oder doch nur Fresssäcke? Sind wir Könige oder Gecken? Sind wir Götter oder Klatschweiber? Faul und träge sind wir geworden, jawohl, so ist es! Vergessen und dumm! Arrogant und grau!« und reichlich aufgeplustert lüftete sie ihre Schwingen.

Vielfaches Gurren kam auf und die Tauben tuschelten. Dann aber sprang ein Menschenkind in die Mitte der Versammlung und juchzte: »Mama, Mama! Hier sitzt ein seltsamer Vogel am Wasserspiel und hält sich für eine Taube! Mama!« – Worauf die Tauben auseinanderstoben und entlang der Häuserfassaden hinan flatterten, um sich auf den Simsen des Glockenturms niederzulassen. Sie tuschelten wieder und echauffierten sich des Kindes wegen; Balg, das es sei, das die Finger nicht von ihren hinreißenden Federkleidern lassen könne! Indes war es jedoch zwölf Uhr geworden, und die Messingglocke kam ihrer Pflicht nach und holte mühsam aus. Bis der erste Schlag erdröhnte, dass die Luft in den gehöhlten Vogelknochen noch lange sang und die Tauben wackelten und zitterten, und es noch taten, als sie sich erneut auf einem entfernten Giebel zusammenfanden.

Sulidae folgte den Tauben. Doch wie er seine blauen Füße vom Schornstein baumeln ließ, fuhren die Taubenköpfe herum, machten große Augen, und hatten durch die Aufregung bereits vergessen, wer Sulidae war und was es mit dem Exoten auf sich hatte. Sie tuschelten und lästerten die Menschen, deren Ehrerbietung bisweilen Ausschlag ins Pathologische nehme.

Nur jenes junge Taubenfräulein tat sich aus der verwirrten Menge hervor, verneigte sich und sprach: »Seht Ihr, Sulidae. Einst waren wir kluge Briefträger. Wie Maden im Speck leben wir heute und werden dabei immer madenähnlicher, beschäftigt mit der kleinen Sorge, denn mehr kann sich unsereiner nicht merken. Wer heute sein Wort gibt, hat morgen nie davon gehört. Und wer gestern mein Freund war, ist heute ein mich umwerbender Hanswurst. Die Stadt hat uns geformt und grau gemacht, ich nun will bunt werden und mit dir ziehen, o Sulidae.«

»Soso«, erwiderte Sulidae heiter. »Dann komm mit mir, denn auch ich will fort! Hier nämlich wird auch Sulidae ein Tauber, ein Gehörloser! Bevor wir aber reisen wollen, noch ein letztes…«

Und da rief der große Buddha über den Giebel zu den Tauben: »Seht nur! Seht dort unten! Euch zu Ehren haben die Menschen wundervolle Dinge geschaffen, um von euch betrachtet und kritisiert zu werden! Seht!«

Und wie der Taubenschwarm hinabstürzte, und sich einer nach dem anderen den Schnabel an der Glasfassade des Museums stieß, vergoss Sulidae fünf Tränen seines heilen Auges, und er lachte im Davonfliegen noch so sehr, dass es das Taubenfräulein ängstigte, und sie rasch ihren eigenen Weg einschlug.

Als Kragentaube wurde sie desspäteren bekannt, und für ihre herrlich bunten Zöpfe vielfach bewundert und verehrt. In die Stadt gelangten sie jedoch nie wieder.

IV.

Streit und Kräftemessen waren Sulidae stets sinnlose Beschäftigungen.

Auf die Probe stellten ihn die Affen der Wasserberge, die hundeschnäuzigen Paviane, Baboons, wie das diebische Gesindel von den Flusspferden geschimpft wurde. Auf den rotgebrannten Brocken turnten sie, dorthin flohen sie, und von dort schallte das Gelächter über die Bestohlenen, die zu dick und ungelenk waren, um die Anhöhen hinauf zu steigen und Fraß und Stolz zurück zu fordern.

Sulidae erhörte Klagen, Sulidae stellte Fragen. Sulidae sann. Sulidae meditierte bei einem Bad. Indem wurde der Buddha selbst zu Diebesgut, denn ein junger Baboon klemmte sich Sulidae unter den Arm und kreischte: »Blaue Paddelfüße! Loben wird man mich! Loben, loben!«

Worauf das Krokodil aus dem aufgesperrten Maul ächzte: »Der Narr stiehlt den Buddha!«

»Buddha?«, wandte sich der Affe um. »So also! Bring ich dich zu dem unseren!«

Worauf den großen Buddha große Übelkeit überkam, denn der junge Baboon hetzte im Affenzahn den Berg hinan, da er sehr gefallsüchtig war.

So kam es, dass an jenem Ort, wo nur die Geflügelten über die Langarmigen erhaben waren, auf dem Gipfel also, Sulidae auf den buntgesäßigen Buddha Bababoon traf, ein altehrwürdiger Paviangreis mit schlechten Augen und einer speziellen Vorliebe für Meerkatzen, was aufgrund seiner Heiligkeit jedoch kein Geheimnis sein musste.

»Schau Bababoon, was ich gefunden, was ich gefunden! Einen Eurer Kollegen, einen Buddha aus den Lüften!« und der junge Affe bleckte die Zähne und erwartete Gutes.

»Willst du den armen Vogel nicht loslassen? Nicht so mit ihm herumfuchteln?«, fragte Bababoon träge und schob sich eine schreiende Schnecke ins Maul.

»Sag was! Sag was!« und der junge Affe schubste Sulidae vom einen Fuß auf den anderen. Bis sich Bababoon den jungen Affen griff und ihn über die Klippe warf.

»Sag was!«, forderte Bababoon.

»Sagen! Nicht willentlich ist Sulidae hier! Eine Rede hat er nicht vorbereitet!« und Sulidae war nicht zornig, aber auch nicht gemütlich.

»Bist du ein Bodhisattva? Ein Heiler?« Und plötzlich fuhr Spannung in Bababoons Glieder. »Oder ein Lügner, der mich meines Amtes entheben will? Ersetzen will! Die zu mir Pilgernden mit leeren Worten speisen will? Die Gaben der Nager an dich reißen? Ich kenne dich! Ihr Vögel versteht euch auf das Schauspiel! Gaukler, der du bist, mit deinen blauen Füßen, deinem einen Diebesauge!«

»Solche Angst kennt nur der Gierige, der Eitle«, setzte sich Sulidae zur Wehr.

»Gierig nennst du mich?! Eitel!«, zürnte Bababoon und sein Herz stach und seine Schläfen pochten. »Seist du herausgefordert, Sulidae! Beide wollen wir auf den Sanatana-Dharma[3] meditieren. Beginnen wollen wir sogleich, wenn die rote Sonne mit ihrem Bauch die Wüste schneidet. Dann wird sich der falsche Buddha unter uns zeigen, wenn er letztlich Nahrung sucht, der wahre Buddha aber fort meditiert.«

Und Sulidae willigte ein, denn der Wasserberg bot eine ungewöhnliche Aussicht, und sein Ruf war ihm gleich.

Als er am Morgen seine Übung mit reinem Gewissen beendete, ließ er den schnarchenden Bababoon hinter sich, und flog über das Meer, um Madagaskar zu sehen. Sulidae verschwendete keinen einzigen Gedanken an den Wettstreit, sondern war voll tiefer Zufriedenheit und Herzenslust.

Bababoon aber blieb geschlossener Augen an Ort und Stelle, schnarchte, hungerte, hockte, und verstarb alsbald. Die

---

[3] Etwa: Kosmische Ordnung, welche das gesamte Universum erhält

Zugvögel verbreiteten die Sage um den Buddha, der sich in den ewigen Schlaf meditierte, rasch über die Erdkugel.

– DÄMMERUNG –

V.

In einer Gegend, wo die Anhöhen des Südlandes ineinander verschachtelt lagen, erlebte Sulidae eine schicksalhafte Dämmerung.

Die Schatten wuchsen unter den von Licht gestreiften Hügelrücken, und die weiblichen Formen der Lande kamen gut zur Geltung. Über den erblühenden Hügeln wölbte das Licht die Wolken, und die Abendröte einte alles Lebende im Geiste, verlangsamte selbst den Herzschlag der Mäuse, machte gar die Fische an die Oberfläche kommen und die Schafe schneller laufen; um obenauf das Spektakel zu verlängern und mehr vom Sonnenuntergang zu haben. Bei einem Blick in die Ferne nämlich wurde aus grün blau, und aus Sicht Traum, und aus Zweifel Vertrauen in die Schöpfung.

Die in Reihe stehenden Zypressen vergaßen ihr verlaustes Haar, hielten Ausschau über die Lande, entnahmen dem Wind Witterung, und unterhielten sich gemächlich raschelnd.

»Ein guter Tag war es«, sagte eine mit gekrümmtem Zipfel.

»Ein guter Tag«, stimmte sein Nebenbaum zu.

»Müssen wir denn jeden Tag preisen?«, fragte eine noch kleine Zypresse.

»Müssen?«, fragte die mit dem gekrümmten Zipfel.

»Müssen!«, lachte sein Nebenbaum.

Und gleichsam neigten sie die Köpfe, denn Sulidae war zwischen ihnen gelandete, watschelte, und ließ sich mit Blick gen Sonne nieder. Einäugig zwinkerte er den Bäumen zu, da er wusste, dass auch sie ihre Geheimnisse hüteten, dass auch sie nicht viel für die Hektischen übrigen hatten, auch sie Buddhas von Amts wegen waren.

Die Nacht bettete sich hernieder und Sulidae döste mit angelegtem Kopf. Dann jedoch stiegen Klänge durch den Wind; hoch und tief; Surrende Saiten, Mundharmonika und Geigenspiel – das schmeckte nach Rauch und Bratapfel, Frohsinn und Behaglichkeit. Sulidae war geweckt, und kurz darauf sichtete er aus den schwarzen Lüften eine Feuerstelle inmitten ruinierter Herrenhäuser, die in einer Senke siedelten. Leise flog er einen morschen Tonziegel an, um die musizierenden Zigeuner aus dem Schatten heraus zu beobachten.

Der eine tanzte, in die Hände klatschend. Der andere fidelte virtuos. Der dritte koste die Gitarre. Und der vierte blies den Mundhobel, sachte, heftig, wunderbar. Im Bad des Feuers sangen sie:

»Mein Mädchen, sie war tausendschön
Kein Mann, der konnte widerstehen
Kein Tag, an dem, ich ließ, sie gehen
Sie wollte, ach, sie wollte!

Und ich schlug – sie – zusammen!
Und ich schlug – sie – zusammen!

Mein Bruder, er war gottgerecht
Mein Mädchen, das hat er gerächt
Sein Mädchen kam durch mich zuschanden
Bis wir verstanden, ach, bis wir verstanden!

Und ich schlug – sie – zusammen!
Und wir schlu – gen sie – zusammen!«

So tanzten und spielten die Zigeuner im Bad des Feuers, und so verlor sich Sulidae im Anblick; im Rausch der Berauschten.

Menschen! dachte Sulidae. *Menschen! Besser singen sie als die Lerchen, treuer sind sie als Hund! Zusammen tun sie es! Wäre ich nur im Stande, diesen Singsang zu verstehen! Müssen es doch größte Weisheiten sein, höchste Tugenden, von denen sie derart zu singen wissen! Sehe ich doch ihre Herzen glimmen, sehe ich doch ihre Geister sich verbinden! Zugehörig wie die Bienen, glücklicher als Erdmännchen noch!*

Worauf tiefe Trauer den Buddha übermannte, denn in den Musizierenden erkannte er das eigene Herzen vereinsamt, erkannte den seinen Geist ungebunden.

Als er zog, vergoss Sulidae fünf Tränen seines heilen Auges, denn ihm verlangte sehnlichst nach dem Glück, wie es die Menschen kannten; ihm verlangte nach Gemeinschaft, Leidenschaft, Lustigkeit.

– SUCHE –

VI.

Kasperhafte Szenen sollte Sulidaes neuer Wunsch mit ihm aufführen.

Bis auf die Packeisschollen trieb es Sulidae, wo ihn ein neugieriger Pinguin fröhlich in die Flossen patschend empfing: »Nur zu, komm in unsere Mitte, das wird dich wärmen. Und du wirst uns wärmen. Einen Witz! Erzähl uns einen Witz aus dem grünen Reich!«

Worauf der Blaugehäutete: »Witz? Buddha Sulidae kennt keinen Witz. Aber in eure Mitte will ich kommen, damit es mich Gemeinschaft lehrt.«

So marschierte Sulidae in das Zentrum der Kolonie, dass einige auseinanderrücken mussten. Fragend wurde er beäugt, denn der Wind zerzauste seine Daunen, und sein strenger Schnabel gebot dennoch, Abstand zu halten. Schließlich schnatterte ein Pinguin mit außerordentlich gelbem Kragen, dass sein Hals lang wurde und sein Bauch sich wölbte, und er johlte über alle hinweg: »Keine Witze kennst du, ein Komiker aber bist du sondergleichen! Buddha! Köstlich. Köstlich! Köstliches Spottbild!« Und alle Pinguine begriffen, schnatterten, und klopften sich gegenseitig die Schultern aus lauter Heiterkeit.

Sulidae jedoch empörte sich, hob die Schwingen – und floh den gefrackten Tauchern bei wüstem Denken. *Schicke Vögel, die nicht fliegen,* dachte er, *erkennen nicht den Heiligen, wenn er in ihre Mitte tritt. Wie können sie? Was können sie?! Das Eis muss sie zu Klötzen machen, der Wind macht sie ganz flatterhaft!* Worauf Sulidae fünf Tränen seines heilen Auges vergoss, denn sein Ruf war ihm nicht mehr gleich, und Scham rötete seine Füße.

Im Dschungel, wo bunt gekreuzt und neu gezeugt wurde, erforschte Sulidae die Mechanik der Liebe: Aus Büschen und Bäumen heraus wurde er zum Voyeur. Der Brunst zweier Faultiere folgte er, als eine Raupe, entlang eines losen Spinnfadens, die schützende Laube des Sandelholzbaumes erkletterte.

»Starr nicht so!«, rief sie, indes sie sich wild verdrehend an der Seide abmühte. »Längst haben sie dich gesehen. Nur sind sie zu träge, dir davon zu rennen. Glück gehabt, Störenfried!«

Sulidae erwiderte: »Wenn ich nicht starren darf, so lehre du mich Leidenschaft.«

»Lass mich«, fauchte die Raupe. »Ich muss dick und fett werden. Such dir einen anderen Liebhaber. Und starr nicht so!« Worauf die Raupe heftig buckelte und schleunigst verschwand.

Beleidigt zog Sulidae, um anderswo an Erfahrung reich zu werden.

Als ein gewisser Schmetterling jedoch neugebar, war seine gesamte Verwandtschaft entrüstet: Seine Flügel waren *braun* und mit etlichen Augen versehen, und nicht von edlem Blauschimmer, wie bis dato üblich bei Familie Morphofalter. Vielfach vermehrte er sich, denn seine Rebellion gegen die Kleiderordnung beeindruckte ganz gehörig.

VII.

Am Morgen hatte der nächtliche Regenguss sein Ende gefunden und der Wald duftete nach aufspringenden Knospen, schwitzendem Blattwerk, abgetragenen Pelzen, und reichlich Pheromonen – was die Amsel ganz fidel stimmte.

Von Tannwipfel zu Tannwipfel flog sie, sang und warb, und hielt gleichwohl Ausschau nach Unterhaltung.

Unter einem großen Gesteinsüberhang trank sie aus einem Bach, betrachtete sich im fließenden Wasser, zupfte die Frisur zurecht, sah, ob die Kehle nicht doch etwas rot, gar blau geworden sei, und pfiff dabei vergnügt.

Da kroch eine alte Weinbergschnecke vorüber, machte Stilaugen und grummelte: »Ach, was soll die Mühe, Schönling?«

»Nun«, sagte die Amsel, »mein Schnabel sieht besser aus, als dass er singt. So muss die Tracht doch wenigstens sitzen! Keine Angst, komm näher. Ich schwöre, dich nicht aus deinem Häuschen zu zerren.«

»Es ist doch neuerdings immer dasselbe mit euch Füßlern«, wurde die Schnecke ärgerlich. »Mir scheint, dass die ganze Welt kopfsteht. Wenn Vögel Würmer lieben. Der ganze Untergrund spricht davon« und böse Worte für Vögel, Ratten und Tausendfüßler verlierend, entglitt die Schnecke.

Die Amsel aber rief: »Mein Versprechen will ich halten – doch dich lieben? Das ist wahrhaft verrückt!« Und im Abheben noch begriffen, schiss sie auf das Schneckenhaus.

Lange musste die Amsel nicht suchen, um den Vogel zu sehen, der einen Wurm liebte. Ein Weberknecht half aus, und außerdem ein junger Hase, der eben von der Sehenswürdigkeit wiederkehrte. »Vollkommen verrückt!«, frohlockte er aufgeregt, und rannte sogleich, um seine Sippe aus dem Bau zu klopfen.

Am Rande einer Lichtung landete die Amsel einen Tannenwedel an, wippte, und betrachtete den Kreis aus Zuschauern. Dieser hatte sich um den exotischen Sulidae gebildet: Einander zuzwinkernde Marder und Füchse, Salamander mit ratlosen Mienen, als auch Feldmäuse, die ihre spitznasigen Tanten und Onkel im Auge behielten, denn denen lief der Speichel, wenn sie auf den Wurm lugten. Frösche, Igel und Eichhörnchen durften Sulidae nahe sein, und auch ein verständnislos dreinsehendes Rehkitz.

Heiligkeit umgab Sulidaes Antlitz.

Denn der Glanz von Erfüllung, von mütterlicher Verliebtheit, von Aufopferung und Fürsorge ward von ihm ausgesandt, und er wog den Wurm sanft, und manches Mal strich er ihm zärtlich die Seite. Der Wurm selbst räkelte sich in Sulidaes Brustgefieder, ließ sich vorgekaute Erde zufüttern, und spie sie bisweilen zum anderen Ende aus; er war von hohem Stand und seine Größe jedem ersichtlich.

»Äußerst fett, dieser Wurm«, sagte eine adrette Walddrossel, welche neben der Amsel Platz genommen hatte. »So stellte ich mir das Frühstück vor.«

»Und so stellte ich mir die Gesellschaft dazu vor«, sagte die Amsel keck und neigte den Kopf. »Sagt, habt Ihr ein Nest, werte Dame?«

»Zu meiner Schande muss ich gestehen, ledig zu sein«, tat die Walddrossel sehr bedauernswert.

»Ruhe da oben!«, bellte der Fuchs, der das neckische Gezwitscher als sehr fehl am Platz empfand.

»Ein Zeichen!«, verstand die Walddrossel. »Bevor wir aber verschwinden wollen, um zu nesten, möchte ich Euch, zum Beweis meiner Zuneigung, diesen Wurm servieren.« Und die adrette Walddrossel stürzte sich auf Sulidae und entriss ihm den Wurm, um großzügig mit der Amsel zu speisen und Hochzeit zu feiern.

– Oh, dieses Erstaunen in Sulidaes Gesicht! Wie ihm der Schnabel offen stand und sein Auge nach dem Flecken huschte, wo kurz zuvor der Wurm gelegen hatte! Selbst den Zuschauern, die um die Lichtung saßen, selbst ihnen brach der Wille ab, so sehr spürten sie, wie Sulidae litt und seine lang gesuchte Leidenschaft nichts als Gram und Bitterkeit hinterließ. Unsagbare Stille durchwirkte den buntgemischten Kreis, und als Sulidae auf die Füße ging, zuckten die Tiere in unguter Erwartung innerlich zusammen.

»So bin ich gescheitert!«, krächzte der Blaugehäutet trocken. »An meiner Einfalt!«

Und in ungestümer Verzweiflung stolperte er voran, und warf sich in den längsten Dorn des Igels.

Noch so manche Meile trieb es den besudelten Igel, denn auf seinem Rücke steckte der Augapfel des einst großen Buddhas, und starrte ihm leidig in den Nacken.

– BODHI –

VIII.

Sulidae suchte den Sommer, Sulidae fand den Herbst. Sulidae floh den Winter, Sulidae übersah den Frühling. Ziellos war Sulidae, und Bodhi war ihm längst nicht mehr sicher. Auf der Suche nach Gemeinschaft, Leidenschaft, Lustigkeit war er sich selbst fremd geworden, und der Blick seiner gehöhlten Augen war eng geworden, war starr geworden, war blind geworden.

Sulidaes denkender Geist führte, und Atman[4] verkroch sich in dessen Schatten, Atman wurde taub, Atman wurde stumm. Atman wurde vergessen.

Und so hatte Sulidae vergessen. Vergessen, Om zu sprechen. Vergessen, auf der Suche nach Gemeinschaft, Leidenschaft, Lustigkeit. Vergessen, der Quell jener Zustände.

In Gedanken verteufelte er das Chaos, chaotisch waren seine Reisen und Worte. In Gedanken kämpfte er gegen den Tod, in Gedanken sprach er, *nur ein Tor kämpft gegen den Tod.*

Sulidae fraß wenig, Sulidae vergoss keine Träne. Zu alt war Sulidae, zu dünn sein Gefieder.

In den roten Wäldern ließ er sich nieder, um Frieden zu finden. Tagsüber legte er sein Haupt in die Sonne. Und in der Nacht lehnte er sich vor die Stirn eines Baumes, um dessen Om zu lauschen.

Und eines Abends, der Wind ging schwach, pfiff die Nacht der Stürme in Sulidaes Ohren, und sein Geist schlug Blitze über den Meeresweiten seiner Geburtsstätte – und erneut wurde Sulidae Bodhi zuteil, denn Sulidae starb.

Zehn lange Nächte starb Sulidae.

Und als sich der Tod an ihm herabbeugte, sprach jener: *Komm in meine Arme, Sulidae. Zu lang waren deine Reisen, zu edel deine Absichten. Ich lasse dich hier oben nicht verhungern, nun komm.*

Worauf Sulidae schmunzelnd flüsterte: *Ach, du bist ein Schelm! Erfreue dich an meinen Irrwegen, lege mich herein! Nun lacht auch dieser Tölpel namens Sulidae über seine Missgeschicke! Wie die Menschen wollte Sulidae sein – zum Lachen, Verlachen! Neid war es, der Sulidae zum Verhängnis wurde! Und auf der Suche nach dem kurzen Menschenglück, nun sieht er es klar; verlor er seinen Frieden… Doch Erkenntnis folgt auf Deinem Fuß! Und erneut lehrst Du Sulidae: Lehrst ihn Deinen Blick. Sieht der Blinde doch erneut, was er einst sah. Sieht, wie sich tausend Würmer unter seinen Füßen winden. Und sich die Wurzeln neu erfinden. Und Pilze aus dem Totholz sprießen und Tropfen in die Blätter fließen*

---

4 Sanskrit; *Lebenshauch*, *Atem*, häufig auch mit *Seele* übersetzt

und Mücken mucken und hundert Düfte sich im Wind vermischen! Jetzt sieht Sulidae erneut mit deinen Augen, großer Meister! Jetzt reicht alles Seiende als Glück ihm aus! Spar Dir die Mühe, mich hereinzulegen. Nur den Suchenden, denen bangt's vor dir.

So fällst du nicht auf meine List herein?, fragte der Tod enttäuscht.

»Ach«, raunte Sulidae, »wer die Einbildung nicht braucht, der braucht auch keine List.«

Und die Bö hatte den Moment gewartet und fasste Sulidaes Flügel, und der Tod schwieg, denn sie waren all-ein.